AF423551

La Femme Navajo
Un roman Western

Richard G. Hole

Far West

@ Richard G. Hole, 2022
Couverture : @Pixabay - Joey Velasquez, 2022
Tous les droits sont réservés.
Toute reproduction totale ou partielle de l'œuvre est interdite sans l'autorisation expresse du titulaire du droit d'auteur.

SYNOPSIS

Ils avaient atteint la route.

Les chevaux le suivaient. Le chemin s'élargissait et il semblait que la gorge sur leur gauche devenait moins profonde.

Des arbres le recouvraient en partie.

Le chemin s'élargit encore, formant une sorte de plate-forme, sur laquelle le mur s'appuie en une sorte de visière.

Et là, dans l'herbe, il y avait un corps.

Il était étendu sur le sol, sur le côté.

Elle portait une jupe en daim à franges au-dessus des jambes bronzées.

Deux bras tournés, de la même couleur noisette, couvraient la tête.

La Femme Navajo est une histoire appartenant à la Far West Collection, une collection de romans développés dans le Far West américain.

LA FEMME NAVAJO

CHAPITRE I

La route s'est pentue dans les derniers mètres et a disparu peu après. A droite, une paroi rocheuse. A gauche, une falaise.

« Tu es sûr de ne pas t'être trompé de direction, Mac ?

Mac secoua la tête. C'était un homme dans la quarantaine, aux cheveux roux et à la barbe. Il portait des vêtements très usés.

« Non, ce qui se passe, c'est qu'il y a eu un glissement de terrain. Vous devez sauter cela et le chemin continue plus loin. Argile ...

"Que se passe-t-il?

« L'or est proche.

"Bien.

Mac le regarda sous le bord de son chapeau.

« Vous n'avez pas l'air très enthousiaste. Eh bien, la vérité est que vous ne vous enthousiasmez presque pas pour quoi que ce soit.

Clay ne répondit pas. Il avait probablement dix ans de moins que son partenaire et était rasé de près. Ses cheveux noirs tombaient en pointe sur son front. Il avait retiré son chapeau et laissait l'air de la montagne sécher sa sueur.

"D'accord, allons-nous?

"Oui," dit Clay.

Ses vêtements, bien que poussiéreux, semblaient en meilleur état que ceux de Mac. Ses mains étaient gantées.

Ils éperonnèrent les chevaux et ils se précipitèrent à l'assaut de la butte. Leurs fers à cheval ont glissé sur la terre dure, mais ils ont finalement réussi à le couronner. D'en haut, la falaise avait l'air terrifiante. Au loin, les nuages se rassemblaient, bloquant le soleil couchant.

« Voyez-vous le chemin ? Là-bas.

"Je vois.

« Nous allons faire la nuit un peu plus loin. Il y a une grotte. Je me souviens parfaitement, même si cela faisait deux ans que j'étais ici, la dernière fois.

Il se tourna vers son partenaire.

"Ecoute, mon ami. Quand on aura l'or...

« Nous parlerons quand nous aurons l'or.

« D'accord, d'accord. Je voulais juste te dire que nous nous séparerons en ville. Nous avons accepté, n'est-ce pas ?

« Si on en est déjà là, pourquoi en parler plus ?

Puis soudain, Clay a giflé son partenaire sur l'épaule.

« Mac, si je ne parle pas, c'est parce que je n'ai pas envie de parler. Mais il n'y a rien de personnel contre toi.

"Je sais. Mais parfois, je pense qu'un homme est soulagé si un poids est enlevé de ses épaules. J'ai passé beaucoup de temps seul et je le sais.

« Eh bien, dans ce cas, avec un diable, tais-toi et suivons le chemin. On se séparera ou pas, tout le monde le sait, mais je vais te dire une chose, Mac : je n'aurais pas pu choisir un meilleur partenaire.

"Je suppose que je devrais me sentir très heureux de ces mots et danser une gigue, mais bon sang, même si tu es la chose la plus proche d'un homme mort, il me semble que je n'aurais pas pu trouver un meilleur compagnon de voyage non plus. Et là, nous disons des bêtises, alors que la nuit s'approche de nous.

Ils avaient atteint la route. Les chevaux le suivaient. Le chemin s'élargissait et il semblait que la gorge sur leur gauche devenait moins profonde. Des arbres le recouvraient en partie.

Le mur, à droite, formait un promontoire. Mac l'a plié en premier. Lorsque Clay le rattrapa, il entendit son partenaire s'exclamer et le vit debout.

"Que diable se passe-t-il?

— Regarde ça, Clay, dit l'autre à voix basse.

Le chemin s'élargit encore, formant une sorte de plate-forme, sur laquelle le mur s'appuie en une sorte de visière.

Et là, dans l'herbe, il y avait un corps.

Il était étendu sur le sol, sur le côté. Clay vit une jupe en daim, frangée sur le bord, bien au-dessus des jambes bronzées. Deux bras tournés, de la même couleur noisette, couvraient la tête.

— Une femme, dit Clay en mettant pied à terre.

"Il a dû tomber de là-haut," répondit Mac.

Ils étaient déjà à côté du corps. Clay le secoua et un visage, encadré de deux nattes noires, apparut.

"Un Indien," dit Mac en fronçant les sourcils.

Clay baissa les yeux sur ses jambes. Puis, d'un mouvement brusque, il posa la main sur la poitrine de la femme.

"Elle est vivante," dit-il après un moment. Allez, aide-moi.

Il prit le corps dans ses bras et se leva. La femme avait les yeux fermés. Il était jeune et son visage avait une étrange teinte blanchâtre.

"Enfer," dit Mac. Putain, je pense...

"Tais-toi et aide-moi.

Il l'a placé sur l'encolure du cheval. Prudemment, comme j'ai pu avec une créature.

« À quelle distance est cette grotte dont tu m'as parlé ?

« Oh putain, moins de cinq cents mètres.

« Y a-t-il de l'eau là-bas ?

— Oui, d'ailleurs. Clay, cette femme...

"Tais-toi. Vas-y.

Menant le cheval par les rênes, il se mit à marcher. Mac monta et garda les mules.

La femme indienne s'agita. Clay posa la main sur son épaule nue. Le chemisier en cuir souple, teint en couleurs, était déchiré.

Ils ne parlèrent pas jusqu'à ce qu'ils atteignent la grotte. C'était grand et spacieux ; il montrait sa bouche ornée de jonc.

« Apportez de l'eau et allumez le feu.

"Argile ...

« J'ai dit de le faire, bon sang. Attends, je vais allumer le feu pendant que tu apportes l'eau.

Il déposa soigneusement le corps de la femme indienne sur le sable sec de la grotte. Elle ouvrit les yeux et un regard d'horreur y apparut. Il fit un mouvement pour s'asseoir.

"Tiens bon, petite fille," dit Clay. Calmer. Soyez tranquille.

Elle ne sembla pas l'entendre. Il roula des yeux et son corps se raidit.

Clay la tenait doucement, mais fermement.

"Calme, allez, petit, calme.

Mac revint avec l'eau dans les peaux. Il leur lança un regard curieux et versa l'eau dans la bouilloire.

"Vite," dit Clay. Vite. Et toi, tais-toi. Mac, tu en sais beaucoup sur les Indiens. Savez-vous de quelle tribu cela peut venir ?

Il la tenait par les deux épaules. Elle avait fermé les yeux et son corps s'était détendu. Il semblait avoir de nouveau perdu connaissance.

« C'est une Navajo. Regardez ces photos sur la jupe.

« Pouvez-vous lui parler dans sa langue ?

"Je peux, si elle n'est pas morte ou...

"Ce n'est pas le cas. Allez, allumons le feu.

Dix minutes plus tard, l'eau était presque bouillante. Clay se dirigea vers sa mule et en sortit une sacoche en cuir.

"Qu'est-ce que tu vas faire ? demanda Mac.

Clay se redressa.

« Mac, tu as vu la même chose que moi, non ?

"Oui je pense.

« Quelque chose est arrivé à cette femme, et j'imagine ce que c'est.

Ses dents étaient serrées. Son visage était pâle.

« Mais toi, qu'est-ce que tu peux faire ?

Clay avait ouvert la sacoche. Il en sortit un portefeuille.

Mac se pencha sur lui.

« Mais c'est... c'est le tien ?

"C'est à moi. Mettez de l'eau dans une casserole propre.

"Mais...

Clay lui fit face.

« Vous ne m'avez pas compris ? Est-ce que je devrai tout faire ?

« Non, Clay, bon sang. Je l'aime aussi peu que vous, mais je vais vous aider.

Clay revint vers la jeune femme. Le soleil s'était couché derrière une masse dense de nuages.

"Il y aura bientôt une tempête," dit Mac.

"Je vais la guérir," dit Clay.

Mac détourna le regard.

"Merde" dit-il. Malédiction. J'ai vu beaucoup de choses, mais "ça" a toujours...

« Avez-vous aussi vu des femmes violées ? demanda sèchement Clay.

Ses mains manœuvraient adroitement et en toute sécurité.

« Il revient, Mac. Tenez ses bras.

La femme indienne ouvrit la bouche, mais aucun son ne sortit de ses lèvres. Cependant, tout son visage choqué était celui d'une personne qui "criait".

"Avec un diable...

Mac lui tenait les bras. Le corps se tordait.

Parlez-lui sur sa langue ou frappez-le sur la mâchoire.

Mac commença à parler. La femme indienne tourna son visage vers lui, son expression étrange. Mac continua à lui parler lentement, tout en lui tenant les bras. Puis elle a soudainement cessé de résister, mais sa bouche est restée ouverte.

Argile terminée. Il a pris une couverture et l'a étendue sur le corps de la fille. Puis il fouilla dans sa valise et se tourna vers Mac.

Dis-lui que je vais lui donner des médicaments. Cela enlèvera la douleur.

Mac a parlé. Elle semblait l'écouter. Il secoua la tête et ouvrit la bouche. Puis, Clay renversa quelques gouttes sur sa langue. Il prit la tête dans ses mains et examina sa nuque. J'étais là. Une blessure avec du sang séché. Il la lava et l'examina.

"Ça ne semble pas trop mal", a-t-il déclaré. C'est ce qui lui a fait perdre connaissance.

"J'aimerais," dit Mac, lentement, mâchant les mots, "prendre le scélérat qui a fait ça et discuter avec lui pendant une demi-heure. Discuter et lui faire des choses que je connais aussi.

Clay était debout. Il s'est lavé les mains dans l'eau chaude. Il se tourna vers son partenaire.

"Et j'aimerais en être témoin", a-t-il déclaré.

La femme indienne avait fermé les yeux. Il semblait dormir.

« Que lui as-tu donné ?

"Opium.

Mac a sorti le sac en caoutchouc où il gardait son tabac. Il a commencé à rouler une cigarette avec des mains tremblantes.

« Clay, toi... tous ces outils... et tu as de l'opium. Votre...

« Je le suis, Mac, ne t'inquiète pas. Je suis médecin.

« Oui, vous l'êtes, l'enfer. Vous êtes. Il suffit de voir ce que vous avez fait pour cette pauvre créature.

Clay avait tourné le dos à Mac.

"Je pense que nous devrions préparer le dîner," dit-il.

"Ce que je ne comprends pas, c'est que...

« Tais-toi, veux-tu ?

"Oui.

Mac a commencé à préparer le dîner. Il regarda Clay poser sa main sur le front de l'Indienne, puis sentir son pouls.

"Est très mauvaise ?

« Il a une légère fièvre. Mac, quelle est la ville la plus proche ?

« Dernier, et ce n'est pas proche. C'est cinquante milles.

« Il faut l'emmener quelque part. Si ça empire, je ne pourrais pas faire grand-chose ici.

« Il y a le poste Dulles. Vingt milles en bas de cette colline. Sur la route.

"Mac.

"Oui?

"Cela vous dérangerait…?

— Bon sang, non, Clay. Ca devrait être fait. L'or peut attendre. Ils ne vont pas l'enlever.

« Tu es un bon gars, Mac.

"Allez au diable. Qui aurait pu être… le cochon maudit qui lui a fait ça ?

"Un Indien?

— C'est possible, Clay. Il y a des Indiens et des Blancs qui méritent d'être pendus.

« Mac, elle t'a compris.

« Il semble que oui, mais il n'a pas répondu. Peut-être qu'il parle un autre dialecte, mais ces images sont des navajos.

« Ce n'est pas ça, Mac. N'avez-vous pas remarqué? C'est muet. Bon sang, Clay.

"Je ne peux pas parler. Probablement jamais. Elle voulait crier, mais elle ne peut pas. Mais elle n'est pas sourde. Il s'est calmé quand vous lui avez parlé.

« Je lui ai dit que vous alliez la guérir et que nous ne lui ferions rien de mal. Je le lui ai répété.

"Oui.

Il y eut un silence.

Une forte odeur de bacon frit s'élevait de la poêle.

« Allons dîner. Je vais mettre le café.

"Ouais viens.

* * *

Le lendemain matin, le soleil n'était pas visible, caché derrière les nuages. Au loin, le tonnerre retentit.

Clay s'approcha de la femme indienne. Celui-ci avait les yeux ouverts. Il a pris son pouls.

Une expression de soulagement apparut sur son visage.

« Pas de fièvre, Mac.

Mac lui tendit une canette de café.

« Dites-lui que je vais la guérir à nouveau. Rassurez-la si vous le pouvez.

Ses yeux étaient écarquillés. Il a à peine bougé.

« Alors, qu'est-ce qu'on peut faire maintenant ? C'est mieux ?

" On dirait. Mac, reste un peu avec elle. Je retourne là où c'est arrivé. Peut-être qu'il y a quelque chose là-bas.

Il ne lui a pas fallu plus d'une heure pour revenir.

"Je n'ai rien trouvé. Peut-être que vous...

"Je vais le regarder. Mais...

Une goutte épaisse tomba sur sa main. Ensuite un autre. Suite. Ils entrèrent dans la grotte.

— Cela effacera toutes les traces, Clay. Je pense que ce serait inutile. J'aurais dû aller.

"Eh bien, le mal est fait.

Il a plu toute la matinée. Et à midi, le temps était encore gris et froid.

Ils mangèrent et donnèrent à manger à la femme indienne. Elle continuait à les regarder, mais il n'y avait plus de peur dans ses yeux. C'est alors que Clay dit :

"Mac, essaie.

"Quoi?

« Il doit y avoir un moyen pour lui de nous dire qui c'était.

Mais, Clay, il ne peut pas parler.

"Je connais.

Il fronça les sourcils.

« Nous sommes des putains de connards, n'est-ce pas, Mac ?

« Je ne sais même pas de quoi vous parlez.

« Tiens, les gars, pendant qu'il y a de l'or dans le coin, hein ? En attendant que nous arrivions pour le récupérer. Et nous, ici, à côté de ce sauvage.

Mac se leva.

— Clay, s'il y avait du soleil, je te dirais que tu en as trop bu. Que de diable racontes-tu?

« Je dis que nous sommes des putains d'idiots.

"Et je dis... Putain de salaud, si c'est ce que tu penses !...

Clay sourit.

« Je voulais juste te tester, Mac. Sous ces barbes et sous cette chemise sale se cache un homme.

Mac a encore chuté.

« Comment, Clay ? Comment pouvons-nous le faire ?

"Je ne sais pas...

Il fronça les sourcils.

« Mac, les Indiens peignent. Et tous ses tableaux ont un sens. L'eau, la terre, le ciel, les distances... Ses dessins sont idéographiques.

"Je ne comprends pas ce dernier, mais ils peignent.

« Elle peut le faire, Mac. Peut-être.

Mac a roulé une cigarette.

"J'essaierai.

Il se pencha sur l'Indien et commença à lui parler. Lentement, en monosyllabes. Elle le regarda avec ses yeux, entourés de longs cils noirs. Sous le front lisse, quelles pensées pourraient se dérouler ? Clay la fixait. Elle avait pu voir le corps parfait caché dans la jupe et le chemisier en daim. Les femmes indiennes ne sont généralement pas belles, mais c'était un bon échantillon de leur race.

Puis elle sortit soudain une main du linceul. D'un doigt raide, il montra le feu. Puis il agita la main en l'air.

"Mac, donne-lui une marque," dit Clay. C'est peut-être ce que tu veux.

Mac a montré à l'Inde une marque terne. Elle lui tendit la main.

Il l'a pris par la partie non brûlée. Clay se leva, ramassa une pierre lissée et la posa à côté de la fille.

La main est tombée. Elle se redressa légèrement, puis avec des doigts agiles traça des lignes.

La tête retomba. Les yeux noirs les regardaient alternativement.

Clay se pencha sur la pierre. Une bande verticale et un demi-cercle en dessous, avec l'ouverture vers le bas.

"Je ne comprends pas.

" Ni moi.

Il parla à nouveau à la femme indienne. Lentement, sérieusement.

La main ramassa la marque et dessina à nouveau.

— Un cheval ou une mule, dit Clay.

Et le signe s'est répété. Cette fois, placé sur la hanche de l'animal.

Les deux hommes se regardèrent. Pendant près d'une minute, aucun d'eux ne parla.

"Un fer à repasser" dit Mac. Un fer à bétail.

"Oui.

"Quand nous verrons un de ces fers, nous saurons...

Il secoua la tête.

« Non, nous ne le saurons pas. Un fer est mis sur tous les animaux d'un bétail. Chevaux et bétail. On saura seulement que quelqu'un qui le porte est celui qui...

La pluie a recommencé. La femme indienne avait fermé les yeux.

* * *

Deux jours plus tard, ils ont commencé la descente. La femme indienne était assise à califourchon sur l'une des mules. Son visage avait perdu l'étrange couleur.

CHAPITRE II

La poste.

Un quadrilatère avec une clôture en pisé et une maison au milieu. A côté de la maison, les écuries.

Un pion s'approcha d'eux et tint leurs rênes. Un Mexicain. Ses yeux regardèrent l'Indien un instant.

« Faites savoir à Sally.

Une femme et deux hommes à la porte. La femme était grande, blonde, la trentaine. Ses cheveux étaient attachés en une tresse épaisse. Chemise et pantalon homme à revers blancs.

Clay était déjà près de la pompe du puits. Lorsque l'eau a commencé à jaillir, il a mis sa tête en dessous.

"Bonjour, Sally" dit Mac.

Bonjour, Carotte.

Un large sourire dessina les lèvres de la femme.

« Ça fait longtemps que je ne vois pas, putain de rousse.

Mac sortit et écarta les bras. Elle avait l'air effrayée.

« Enfer non, vous devez sentir la chèvre ! Ne me touche pas avant de prendre un bon bain.

Mais elle s'approcha de lui et lui serra la main.

Puis il regarda Clay.

« Ami ? Collègue ?

"Les deux" dit Clay "Je m'appelle Bester.

« Il aime l'eau ?

"J'apprécie.

« Allez, Carrot, tu vas venir fatigué. Entre et... qu'est-ce que tu ramènes là ?

— Une Indienne malade, dit Clay.

"Malade ? Mac, cette femme indienne est une Navajo.

"Il est.

"Où l'as tu trouvé ?

Clay avait fait deux pas en avant.

« Elle est malade, madame. Quelques désagréments ? Je veux dire, est-ce qu'on la reprend ?

Le sourire disparut du visage de la femme.

"Carotte" dit-il, "d'où l'as-tu eue ?

« Écoute, Sally, c'est sérieux.

— Et la fille est là au soleil, dit sèchement Clay. Je veux juste savoir si on doit l'emmener.

— Carotte, dit-elle, comme si elle ne l'avait pas entendu. Dites à votre ami que Sally Dulles ne laisse pas de chien à sa porte.

"Écoute, Sally...

— Vous n'avez pas besoin d'intermédiaires, madame Dulles, dit Clay. On peut passer la fille, non ?

"Fais-le.

Clay ramassa la femme indienne et la porta à l'intérieur. C'était frais et ça sentait bon. Cuir, corde et nourriture bien cuite.

Une immense cheminée en façade. Une immense table et des chaises. Les ferrures pendaient à des clous sur les murs. Et la tête d'un couguar qui les regardait la gueule ouverte, les crocs tirés.

« Bill, monte avec eux et montre-leur la chambre sept. Que l'Inde reste là. Au fait, Carrot, foutu gambusino, de quelle maladie a-t-il ? J'espère que ce n'est pas contagieux.

"J'espère la même chose" dit Clay, sans sourire. Mais heureusement, je ne pense pas. Elle a juste quelqu'un qui l'a violée et l'a laissée sur une route de montagne.

La femme tourna lentement la tête vers lui.

« Parlez-vous en... ?

"Je le suis. Complètement sérieux, Mme Dulles. Ils l'ont fait.

Elle prit une profonde inspiration.

"Je vais monter avec toi, Billy" dit-il.

Clay se laissa tomber sur une chaise.

"Mac, donne-moi ce sac de tabac," dit-il.

Il roula une cigarette et l'alluma.

« Clay, Sally est une femme formidable. Tu n'aurais pas dû lui parler comme ça.

« Il y a ceux qui n'admettraient pas un Indien chez eux même s'ils le voyaient mourir, Mac.

"Elle ne fait pas.

Clay se leva. Il monta les marches en bois usées jusqu'à l'étage supérieur et descendit le couloir. Arrivé dans la salle sept, il y entra.

" Dehors ! " a dit Sally. " Je vais...

« Ne vous inquiétez pas, madame Dulles. J'ai été celui qui a pris soin d'elle, pas celui qui l'a violée. Maintenant, il va beaucoup mieux, mais pas tout à fait bien.

"Qui était ...?

"Nous ne savons pas.

« Eh bien, sortez, de toute façon. Ils peuvent manger quelque chose en bas. Je dirai moi-même qu'ils le préparent.

"Merci.

Il toucha la tête de la femme indienne. Elle lui prit la main et la porta à sa joue.

"Elle est muette," dit Clay.

Attendez en bas.

Quand elle est descendue, Mac et Clay étaient devant une assiette de ragoût, en train de manger.

"Carotte, enfer, toujours en difficulté.

Il se laissa tomber sur une chaise.

"Cochons" dit-il.

« Bon sang, Sally, j'espère que tu ne le diras pas pour nous.

« Je dis ça pour les hommes en général et en particulier pour ceux qui ont fait ça.

Ses yeux étaient bleus. Son visage, lisse ; ses mains fortes et propres.

"Sally" dit Mac. Mon ami est médecin. Il s'est occupé d'elle.

« Tais-toi, veux-tu ?

La voix de Clay était sèche, tranchante.

Sally se tourna vers lui.

« Docteur ? Et qu'est-ce que... ?

Il a arreté. Il fit un geste avec sa bouche.

« Continuez à manger, docteur.

"Je m'appelle Clay.

« Continue de manger, Clay. Tu aimes ?

« C'est excellent. Vous-même ?

"Non, mon chinois. Mais je lui ai appris. Carrot, celui qui a fait ça avec une fille comme ça est un...

Dis-le.

« Vous pouvez mettre son nom de famille. Mac, qu'est-ce que tu faisais là-haut ?

« Quoi, toujours, Sally. A la recherche de l'or.

« Gambusino à mort, hein ? Pourquoi ne sens-tu pas ta tête pour une fois ?

« Par exemple, je pourrais t'épouser, hein, Sally ?

« Quand tu te laves tous les jours, on en parle. L'étape de Last arrive maintenant. J'aurai un travail. Nous parlerons plus tard. Hé, docteur...

"Argile, Sally.

« Clay, ils ont le bar à côté. Ils peuvent boire quelques verres après avoir mangé.

« Merci. Nous allons le faire.

Elle se leva. Au loin retentit le mugissement du cor de la diligence.

Sally est sortie. Clay termina et partit.

Deux femmes et deux hommes entrèrent. Un chinois sortit de la cuisine et commença à mettre des assiettes sur la table.

La diligence était dans la cour, tandis que les ouvriers commençaient à desserrer leur harnais pour changer de coup.

Le bar était à côté de la maison, dans un hangar. Mac le conduisit à lui.

"Grande Sally" dit-il. Il dirige ça depuis cinq ans. Et, bon sang, il s'en sort bien. Depuis la mort de son père.

"Je l'ai déjà vu. Prenez un bain et demandez-lui de vous épouser.

"Tu es fou ? Je ne suis même pas doué pour lui lécher les bottes.

« Aucun homme ne devrait être fait pour ça, bien que certains le fassent.

Ils entrèrent dans le bar. Il y avait déjà cinq ou six hommes dedans. Derrière le comptoir, un Mexicain leur a demandé ce qu'ils buvaient.

Deux des hommes étaient évidemment le postillon et le gardien. Il avait laissé son fusil sur le comptoir.

Un triangle retentit et la voix de Sally annonça que la nourriture était prête. Le postillon et son compagnon se dépêchèrent.

Ils burent le whisky, lentement Clay, rapidement Mac. Il en a commandé un autre.

Sally entra, retroussant les manches de sa chemise.

"Mon Dieu, quelle chaleur.

« Un verre ? demanda Mac.

« Je ne peux pas boire avec tout le monde. Je finirais par ne pas trouver les portes.

Il ne regardait pas Mac, mais Clay.

« Écoute, Clay. N'y a-t-il aucune idée, rien qui te fasse penser qui a pu faire ça ?

"Il y a quelque chose, Sally" dit Mac.

"Quoi ?

Ce fut Clay qui répondit. Il plongea son doigt dans le whisky et le déplaça sur le comptoir en bois.

« Ceci. Un fer à repasser.

Les trois hommes restants dans le bar s'étaient approchés.

« Un fer à repasser ? A) Oui ? demanda Sally.

"Oui.

« Comment savent-ils ?

« L'Indienne l'a dessiné comme ça.

"Eh bien, je n'en connais pas comme eux. Et je pense que je les connais tous.

"Toutes les personnes ?

« Ceux de la région, oui. Aucun d'eux n'est le même, cependant...

Clay la regardait droit dans les yeux. La jeune femme fronça les sourcils.

"Il y a quelque chose de similaire, mais...

Cal. Clay attendit quelques instants.

« Un autre verre ? demanda-t-elle.

« Vous alliez dire quelque chose.

"Sally, si tu en connais..." dit Mac.

"Rien.

« Cependant, Sally...

"Aucun. Un autre verre ?

« Merci » a déclaré Clay.

Il tourna le dos au comptoir, l'air nonchalant. Les trois hommes qui s'étaient approchés se séparèrent à nouveau, chacun adressant son verre.

"Tu n'en veux pas ? demanda Sally.

"Non. Je n'en veux pas plus.

Les trois hommes buvaient. L'un d'eux posa deux pièces sur le comptoir et se dirigea vers la porte.

« Au revoir, Sally.

Les deux autres le suivirent. Sally, Clay et Mac sont restés seuls.

"Sally," dit Mac.

« Tu ne vois pas qu'il ne veut pas parler ? Argile a demandé. Ne lui demandez pas.

"D'accord" dit soudainement Sally. Il prit un verre, le remplit de whisky et le but d'un trait.

« Nous prendrons soin de la fille, les garçons. Mais il vaut certainement mieux la faire sortir d'ici bientôt. Cette...

« Ça te dérange que je sois ici ? « Argile a dit. » Je peux payer votre séjour.

« Cela ne me dérange pas et je ne facture pas lorsque j'aide quelqu'un qui en a besoin. Mais ici, ce n'est pas juste. Il n'y a pas de conditions. D'autre part...

"Quoi ?

«Quelqu'un devrait la rendre à ses frères raciaux.

« Nous, par exemple, non ?

La voix de Clay était sèche, tranchante. Pas un mot de plus que nécessaire.

« Vous l'avez amenée, les gars.

« Et quelqu'un... l'a maltraitée, ma fille.

Sally ferma la bouche. Puis soudain il s'adressa au roux :

« Mac. Vous êtes déjà venu ici.

« Oui. Eh bien, Sally, qu'est-ce qu'il se passe ?

« Il y a des choses qu'il vaut mieux ne pas toucher.

« Sally, je ne te comprends pas... ou tu ne t'expliques pas.

"Je ne peux plus parler.

Clay avait tourné le dos au comptoir tout le temps, puisqu'ils étaient seuls. Maintenant, il se tourna soudain vers Mac.

« Tu n'as pas compris que si elle ne parle pas c'est qu'elle a peur ? Et tu veux que je te dise ce qui lui a fait peur ?

"Juste" dit le roux. Je pense presque que je n'en ai pas besoin.

« Dans ce cas, pour l'amour de Dieu, quittez-la. Qu'il mange sa langue. Et quel bon profit vous faites.

"Vous..." dit Sally.

"Oui, fille ?

« Vous ne savez même pas de quoi vous parlez.

"Et vous le savez ?

"Mac peut vous dire que...

« Mac me dira ce qu'il veut, mais quand nous serons seuls. Et ne vous inquiétez pas. On va sortir cette fille d'ici et l'emmener. Mais vous pouvez être sûr que si jamais nous croisons le fils de pute qui a fait le sale boulot, il ne voudra pas le répéter. Qui que ce soit.

Il se retourna et fit face à la femme. Son visage était devenu rouge.

« Je ne permets à personne de me parler comme ça.

« Non ? Eh bien, je le fais. Il n'a qu'à nous dire de sortir cette sale femme indienne de sa maison, rien de plus que de le dire avec tous les mots. Bon alors, nous allons le faire.

La main de la femme s'éleva en l'air et gifla le visage de Clay.

Il lui attrapa le poignet et le serra.

"Laisse-moi!

L'argile, les lèvres pincées, le visage presque blanc, continuait à se serrer. Puis, petit à petit, elle baissa la main de Sally. Elle plia les genoux et grimaça.

Clay la relâcha.

« Ne recommence pas, ma fille.

Elle s'appuya contre le comptoir.

— N'importe quel homme le tuerait pour ça, Clay.

"C'est possible. Et n'importe quelle femme aurait honte de ne pas aider une autre à qui une telle chose lui est arrivée. Allons-y, Mac. C'est nul.

Il est allé à la porte. Le visage de Mac était rouge.

— Écoute, Clay, tu ne peux pas faire une chose pareille.

« Je l'ai fait, Mac. Mais si vous n'aimez pas ça... Je vais vous dire une chose : j'ai voulu frapper une femme pour la première fois de ma vie. Et je les ai endurés. Est-ce suffisant pour vous ?

Il avait atteint la porte.

"Je vais pour la fille" dit-il. Viens avec moi si tu veux, Mac. Sinon, je partirai seul.

Il se dirigea vers le poste. Lorsqu'il entra dans la pièce, la table était occupée par les voyageurs des diligences, ils levèrent les yeux vers lui.

Il atteignit l'échelle et commença à l'escalader. Sentir le poids des regards sur son dos. Il ouvrit la porte de la chambre sept.

L'Indienne dormait paisiblement, ses cheveux noirs sur l'oreiller. Il la fixa et son visage tendu s'adoucit. Ainsi, endormie, elle ressemblait à une enfant.

Il sentit des pas et se retourna. Sally et Mac arrivaient.

"Je vais attendre qu'il se réveille", a déclaré Clay. Bon sang, il en avait besoin.

"Clay, tu te trompes" dit Mac.

« Tu penses ? A toi ?

« En ce qui les concerne tous les deux, les enfers. Sally n'en fait pas partie. Je connais.

« Pourquoi ne la laisses-tu pas parler pour elle-même, Mac ? Il a une bouche et est majeur.

Sally ferma la porte derrière elle.

"Mac, dis-lui. Dis-lui ce que je t'ai dit.

"Clay" avala la rousse", laisse-moi te dire quelque chose.

« Eh bien, dis-le, avec un diable.

« Clay, tu te souviens des trois hommes dans le bar ?

« Je les ai vus comme toi.

« Vous ne savez pas qui ils étaient.

"Non, et je m'en fous de...

— Clay, attends. Ce sont les hommes de Lot Amazee.

Clay le regardait.

"Parle bas. La fille a besoin de sommeil.

« Vous ne savez pas qui est Amazee. LA, ils l'appellent. Et il fait ce qu'il veut.

« Qu'est-ce que ça a à voir avec toi et moi ?

« Il dit ce qu'il faut faire. Et ses hommes veillent à ce qu'il en soit ainsi.

« Je suis toujours aveugle, Mac.

"Laisse-moi, Mac.

Sally fit deux pas en avant.

"Ecoute, mec. Il n'y a pas de fer comme celui que tu dis que l'Indien a dessiné. Mais il y en a un très similaire. Une croix sur un cercle.

Clay la dévisagea.

« Un fer à repasser peut s'effacer avec le temps, ou une personne peut mal l'interpréter. Mais il est presque certain que ce que la fille a vu ne peut être autre que celui d'Amazee.

Clay inspira profondément.

« Eh bien, dans ce cas, l'un des hommes de cet Amazee était celui qui a fait le sale boulot.

Mac regarda Sally. Elle déglutit.

« Vous ne le comprenez pas encore. Il y a plusieurs gars du ranch Amazee qui sont tout à fait capables de le faire.

« Dans ce cas, cela aurait pu être plusieurs. Il n'y a pas de différence autre que la quantité entre un troupeau de porcs et un seul porc.

« Il y en a. Laisse-moi parler. Il y en a plusieurs, oui, mais il y en a un, surtout, qui..., qui le ferait sans hésiter. Car on sait qu'il l'a fait d'autres fois.

"Tu ne comprends pas, Clay ? C'est le propre fils d'Amazee, Tob Amazee.

"Quand les femmes qui ont de jeunes filles savent que Tobias Amazee est proche, elles les cachent dans la grotte", a déclaré Sally. C'est s'ils arrivent à temps avant que Tob ne les ait vus.

Argile a dit :

Donne-moi du tabac, Mac.

Mac lui tendit le sac et lui tendit le papier. Clay l'enroula lentement.

Il a pris le premier sucer.

« Comme ça, si facilement ?

Sally avait les mains dans les poches de son pantalon.

« Oh, parfois ce n'est pas facile. Les filles ont des parents et des frères. Mais Tob sait aussi faire les choses.

« Tu ne peux pas arrêter ses pieds ?

"Ils essaient. Il y a plusieurs croix dans un cimetière pour le prouver.

"Comprenez. Et personne n'a essayé si fort de le tuer.

« Ce n'est pas facile de tuer Tob Amazee. Non, quand les hommes de son père l'entourent.

« Et son père ne l'arrête pas ?

Sally sourit fermement.

« Il ne s'y met pas. Il élève simplement du bétail. Le reste ne l'intéresse pas. Il y a ceux qui disent qu'ils l'ont une fois réprimandé : « Garçon, moins d'élan. Nous avons tous été jeunes, mais n'allez pas trop loin. " Mais si quelqu'un " oh, quelqu'un l'a essayé une fois " veut " vraiment " le mettre autour de sa taille, le vieux Lot montre les dents. " Quiconque touche le chiot, prends d'abord les mesures. Ce ne sera pas que la boîte soit petite à lui ». C'est Lot Amazee et c'est son fils Tob. Et c'est l'histoire.

Clay avait atteint le milieu de sa cigarette. Il l'a jeté dans un coin.

« Et ces gars-là venaient du ranch de Lot.

"Ils le sont. Et si j'avais parlé de la croix et du cercle, devant eux...

« Que lui serait-il arrivé, Sally ?

"Je ne sais pas. Je ne veux pas y penser.

Clay la regarda. C'était un look vertical, de haut en bas, des cheveux blonds aux bottes.

« Où te caches-tu quand Tob Amazee arrive, Sally ?

Une couleur rose qui commençait à l'encolure que la chemise révélait, remontait jusqu'au front de la femme. Il semblait que la lumière du soleil couchant était entrée par la fenêtre.

"Clay," dit Mac.

« Tu ne me laisses jamais répondre 'elle' ?

« Oui, Mac, tu as raison. Laissez-moi répondre. Je ne me cache nulle part, Clay. Je ne veux plus parler de moi. Pas plus.

Les derniers mots avaient été prononcés à travers les dents serrées, sortant comme un sifflement.

Et "ajouta-t-il au bout d'un moment," maintenant vous savez presque tout.

"Oui presque.

« Et vous savez pourquoi cette fille ne peut pas continuer ici.

« Est-ce que Tob Amazee s'est déjà inquiété des preuves de ses scélérats ?

« Pour autant que je sache, oui.

« Que dit le shérif ?

— Oui, à tout ce que Lot veut. Non, à ce que Lot ne veut pas. C'est quand il y a un shérif. Il n'y en a pas toujours.

Il se tourna vers Mac.

"Carrot, dis-lui ce qui est arrivé à Lowrie Bliss. Vous étiez ici. Je me souviens. Vous aviez perdu un mulet et vous en cherchiez un autre.

"Bien sûr, Sally. Lowrie est allé trouver Tob au ranch. Tob avait tué un garçon...

« Busty C. Il a été tué dans un duel juridique. Tellement légal que deux des hommes de Tob tenaient Busty pendant que Tob lui mettait cinq balles dans le corps. Tous complètement "légaux".

"Cinq balles ? Pourquoi pas six heures, si c'est ce que nous allons faire ?

"Attendez un moment. Lowrie est allé le chercher. Il y avait eu deux témoins, qui lui ont dit exactement comment les choses s'étaient produites. Il a parlé au vieux Lot Amazee, et il a refusé d'y croire. Son fils n'aurait pas pu faire une telle chose. Il l'a appelé...

Il s'arrêta. Sa poitrine se souleva. Il y avait un étrange regard dans ses yeux.

Lowrie était un bon shérif. Jeune et fort. Il savait manier les revolvers et avait été nommé par le conseil des commerçants de Last, contre l'avis du maire...

Clay plissa les yeux.

« Connaissiez-vous Lowrie ?

Elle a fermé sa bouche. Lentement, il porta sa main à sa gorge.

« Je... le connaissais. C'est assez. Lorsque Lowrie a dit qu'il avait des preuves, Lot Amazee a appelé son fils. Tob a ri. « Présentez-les, dit-il.

« Qui t'a dit ça, Sally ?

"Assez déjà, Clay," dit doucement Mac. Déjà assez. Ce qu'elle dit n'est-il pas suffisant pour vous ?

"Il veut savoir. Pourquoi pas? Lowrie n'a pas été en mesure de présenter la preuve. Alors qu'il allait le faire, quelqu'un l'a tué. Quelques voleurs de bétail, se dit-il, et tous devaient le croire. Mais Tob... Tob... a dit qu'il avait été tué d'une sixième balle. Il a dit qu'il avait bu une nuit au bar.

Il s'arrêta.

Et puis, sans aucune intonation, comme s'il la récitait :

La sixième balle lui a traversé le cœur par derrière. Et là, Lowrie s'est arrêté. Il y a une croix dans le dernier cimetière. Et c'est tout ce qu'il reste de lui.

Clay inspira profondément. Puis soudain, il tendit la main.

« Sally, est-ce que je t'ai fait du mal avant ? Si c'est le cas, je suis désolé.

CHAPITRE III

Une lanterne à huile éclairait la porte du poste. Hors les murs, la prairie s'étendait à perte de vue, parsemée de sauge.

Sally passa la porte et leva les yeux vers le ciel.

« Il y aura bientôt une tempête », a-t-il déclaré.

Mac à côté d'elle prit une profonde inspiration.

"Je n'aime pas ça", a-t-il dit.

"Quoi ?

"Je ne sais pas.

Elle poussa un sifflement aigu, portant deux doigts à sa bouche. Un pion apparut à la porte des écuries.

"Oui m'dame !

« Les derniers coups sont-ils prêts ?

"Oui m'dame.

"Va te coucher.

Mac sortit le sac de tabac et commença à rouler la cigarette.

"Tu as vu ?

« Au docteur ?

« Il n'aime pas qu'on l'appelle ainsi. Il n'aime tout simplement pas ça.

« Comment l'avez-vous connu ?

« A Tucson. Il buvait, je buvais, et nous avons fini par boire ensemble. Quand nous nous sommes réveillés le matin, il m'a dit que certains hommes savaient que l'or, en plus du jaune, pousse à certains endroits. Et j'ai compris qu'il avait trop bu et qu'il avait dit quelque chose.

"Quelque chose que ?

« C'est ce que je me suis demandé. Alors je lui ai dit que...

« Que tu savais où il y avait de l'or.

"Bon sang oui. Mais il n'avait pas l'air intéressé. Quand on s'est dit au revoir, un gars s'est interposé. Lui aussi avait entendu quelque chose.

Tu sais, Sally, un homme doit parfois lâcher les freins. Tu passes des années à chercher métal, seul, dans les montagnes, dans les vallées, et tout d'un coup tu ressens le besoin de parler. Ce type s'est mis en travers du chemin et a dit qu'on pouvait faire des soirées. J'ai même refusé de l'écouter. Et puis il était armé. Cet homme était avec deux amis, et tous les trois m'ont coincé. Ils voulaient me faire boire pour me délier la langue. J'en ai frappé un et ils sont tombés sur moi. Et puis il m'a aidé. Les détails n'ont pas d'importance, Sally. Le fait est que deux d'entre eux ont été blessés.

Il s'arrêta.

"Eh bien, Sally, et nous sommes ensemble depuis.

« Est-il vrai qu'il est médecin ?

« Sally, je t'ai vu guérir cette fille indienne et je te l'ai demandé. Il me l'a avoué. Mais il ne veut pas qu'on en parle.

"Pourquoi?

« Je ne sais même pas. Ni que fait un médecin qui cherche de l'or avec moi, ici, dans ces lieux. Je ne sais pas, Sally, c'est tout. Et il ne veut pas en parler.

Il renifla l'air et secoua la tête.

"Je n'aime pas ça", a-t-il répété.

« Qu'est-ce que tu n'aimes pas, Mac ?

"Je ne sais pas, Sally. Mais il y a quelque chose que je n'aime pas. Je suis un vieux chien à la campagne, et il y a quelque chose à propos de ce soir que je n'aime pas trop.

"Ça devient cool" dit la femme. Nous ferions mieux d'aller à l'intérieur. Demain à sept heures la diligence de Thulé arrive et il faut être prêt.

Elle atteignit le seuil de la porte et était sur le point d'entrer dans la maison quand Mac l'arrêta.

« Vous ne le remarquez pas ? » je demande.

« Je ne remarque rien.

« Merde, peut-être que je vieillis, Sally. Eh bien, allons à l'intérieur.

Il s'est retourné puis Sally a vu.

Au début, il pensait que c'était une illusion d'optique. Il lui avait semblé que quelque chose avait bougé dans la grande cour de la poste.

Il s'arrêta, et conscient que dans le noir il ne fallait pas regarder, mais d'un côté de l'objectif, il détourna le regard. Et puis il n'y avait plus le moindre doute.

Quelque chose bougeait dans la cour. Et ce n'était pas juste une chose, mais probablement deux.

"Mac," dit-il doucement.

"Quoi de neuf ?

« Vous aviez raison. Avez-vous l'arme là-bas ?

« Au fait, Sally, mais... Bon sang, je pense...

Les deux silhouettes avaient émergé à ses côtés comme une condensation de l'ombre.

Sally a senti une main brutale couvrir sa bouche, tandis qu'une autre lui a attrapé le bras, l'a fait pivoter et l'a tirée dans la maison.

Tout cela en deux secondes. Elle entendit le soupir de Mac, et pouvait encore voir que ce n'étaient plus deux ombres, mais quatre ou cinq, se précipitant vers l'homme.

Et puis il a trébuché et est tombé au sol. Un pied lui vint à la gorge.

La porte se ferme d'un coup.

Le feu dans la cheminée lui permettait de regarder, même s'il s'était cogné le dos.

Il n'y avait pas moins de cinq grands hommes à moitié nus dans la grande salle du poste. Ils portaient des haches et des fusils à la main, et les flammes du feu dansaient sur leurs visages rouges.

Indiens.

Indiens au poste, Indiens peints et armés. Sally ferma les yeux.

Mac était tenu par trois des Indiens, tandis que deux autres marchaient dans un silence presque complet vers les escaliers. Cela ressemblait à un cauchemar.

Il entendit Mac cracher quelque chose, et l'un des Indiens lui répondit.

Et à ce moment-là, les deux Indiens qui commençaient à monter vers l'étage supérieur, s'arrêtèrent. Quelqu'un était apparu en haut des escaliers.

La main sur sa bouche sentait mauvais et Sally s'étouffa. Malgré cela, il pouvait voir que celui qui était venu était Clay. Et il avait quelque chose dans les mains.

Puis ils l'ont relâchée et elle s'est mise à genoux. Le poids qu'il portait sur son corps disparut.

Les flammes ont pris sur une bûche à moitié consumée et la scène était mieux éclairée.

À côté d'elle se trouvait un visage sombre et une main qui levait une hache. Elle réalisa qu'elle devait rester immobile et elle le fit, mais en roulant des yeux vers l'escalier.

"Clay," dit la voix de Mac.

"Le premier qui bouge, je le tuerai", a déclaré Clay. Dis-lui, Mac, si tu peux.

Il avait parlé d'une voix calme mais tendue.

Sally a vu le fusil dans les mains de Clay faire une courbe lente, couvrant un groupe d'Indiens. Mac parlait d'une voix brisée, et l'un des Indiens lui répondait.

"Ils ne veulent pas nous tuer, Clay," dit Mac, se dirigeant vers l'échelle.

« Ils veulent juste la fille.

« Alors ça ? Dites-leur de vous libérer.

Les deux Indiens tenant Mac le lâchèrent, mais l'un d'eux avait le revolver du gambusino à la main.

"Tu le vois ? Ne tire pas, Clay.

« Je ne le ferai pas s'ils n'essaient pas de t'attraper à nouveau. Dis à ce type de s'éloigner de Sally, d'aller retrouver les autres.

Sally se leva et se dirigea vers les escaliers.

Et un instant le silence régna dans la grande salle.

C'est Mac qui a parlé le premier :

— Ils sont de la tribu des filles, Clay. Ils sont venus ici pour le chercher.

Dites-leur qu'elle est malade. Ils ne peuvent pas la prendre maintenant.

"Donnez-le-lui," intervint Sally, toujours haletant.

« A moins qu'ils ne la voient.

Mac se tourna vers l'un des Indiens, un homme de grande taille qui semblait être plus âgé que les autres. Pendant un instant, il leur parla d'une voix brisée. L'Indien fit quelques sons puis répondit :

« Il dit qu'il est son père. Ils ont suivi nos traces ici. Que nous devons le lui rendre.

Clay se décida. Toujours le fusil à la main, il dit :

« Dis-lui de monter la voir. Sont-ils peints pour la guerre, Mac ?

« Non, je ne pense pas, du moins. Ce ne sont pas les couleurs de la guerre, si je comprends bien.

« Monte. Et toi aussi. Non, Mac, tu restes là avec eux, mais au moindre signe de danger, crie.

— Je ne pense pas que ce soit le cas, Clay.

L'Indien grimpa à l'échelle et dépassa Clay. Il le suivit, appuyant le fusil sur ses reins. Enfin, Sally.

La femme indienne s'était réveillée. En voyant son compatriote, ses yeux s'écarquillèrent.

L'Indien s'approcha d'elle. Puis il posa sa main sur sa tête.

Il se tourna vers Clay.

« Malade... ? Médecine ?

Clay hocha la tête.

"Parle anglais ?

"Médicament ?

"Oui. Moi, médecine.

La fille a commencé à agiter ses mains en l'air. L'Indien la regardait attentivement. Quand il tourna son visage vers Clay, il avait l'air impassible. Puis il a dit quelques mots.

"Ça devrait être Mac," dit Clay. Ces deux-là parlent. Ils se comprennent.

"Je peux voir ça.

La femme indienne a continué à agiter ses mains dans des gestes rapides. Il montra Clay et Sally du doigt.

Puis enfin l'Indien dit hough et se tourna vers Clay.

« Vous... médecine ?

Et il désigna la jeune femme. Clay hocha la tête.

L'Indien posa à nouveau sa main sur la tête de la fille et se dirigea ensuite vers la porte.

Clay et Sally le suivirent.

Lorsque l'Indien atteignit la pièce, il s'adressa aux autres, écarta les bras et se mit à parler. Plusieurs fois, il a donné des coups de pied au sol avec ses pieds de mocassin. Les autres emboîtèrent le pas et grognèrent. Mac se tourna vers Clay.

«Elle leur explique que nous l'avons récupérée après ce qui est arrivé à un homme blanc.

« Qui ? demanda rapidement Clay. Laissez-les vous le dire. Qui ?

"Ne sait pas. Il ne le connaissait pas, mais il a vu le cheval et le fer. Mais il a prononcé des paroles que je ne connais pas.

Vite, Mac, demande au vieil homme. Dites-lui que nous voulons savoir qui l'a fait.

« Clay, ces choses ne se ressemblent pas exactement entre elles. C'est la fille du vieil homme. Tu verras...

« Ne m'explique pas maintenant. Demandez-lui qui c'était.

Mac a parlé au vieil homme. Il secoua la tête.

« Il ne veut pas le dire. Ou ne sais pas. C'est impossible, Clay.

Il s'arrêta pour écouter le vieil homme.

« Mais il nous dit merci.

Le vieil homme fit deux pas vers Clay et posa une main sur son épaule.

« Vous... sorcière de médecine. Moi, mon ami.

« Tu es son ami, Clay.

« Pour l'amour de Dieu, nous allons arrêter les comédies. C'est qui qui l'a fait ?

"Tu es têtu à ce sujet," dit soudainement Sally. « Mac, demande-lui s'il était jeune, brun, blond... Sally, comment est ce type, le fils d'Amazee ?

"Blond.

Allez, Mac.

L'Indien secoua la tête. A dit quelque chose.

Mac hocha la tête.

« Cheveux jaunes », a-t-il dit.

"Il y a plus de blondes dans l'équipe Amazee", a déclaré Sally.

« C'est un indice de toute façon.

L'Indien leva deux doigts en l'air en parlant. "Il dit, clarifia Mac," qu'ils reviendront dans deux jours pour récupérer la fille. Quand je serai mieux Et ils me l'enlèveront.

"Rien de plus?

"Pas.

Les Indiens étaient allés à la porte et le vieil homme l'ouvrit. Il se retourna et fit un signe de la main. Puis ils ont disparu.

« . J'ai eu plus peur que de toute ma vie. Et comment ce sauvage sentait.

« Mac, qu'est-ce que tu voulais dire en disant qu'ils voyaient les choses d'un point de vue différent ?

« Ça, Clay. Pour eux, ça ne représente pas la même chose. Mais ils veulent se venger parce que... C'est quelque chose de compliqué.

« Quoi qu'il en soit, le fait est qu'ils sont partis », a déclaré Sally. Et je ne voudrais pas les voir réapparaître comme s'ils sortaient de sous terre.

Il sortit une bouteille de whisky et remplit trois verres.

« Je pense que nous l'avons mérité.

Buvait. Les couleurs revinrent sur son visage.

« Ils auraient dû la prendre.

"Peut-être.

Clay buvait beaucoup. Le verre était à nouveau rempli. Il le tendit à la lumière et le vida.

"Peut-être oui.

Il se tourna vers Mac.

« Mac, écoute, je vais aller parler à ce type demain. Ou avec son père. Tu peux venir si tu veux.

Êtes-vous fou? demanda Sally en claquant le verre sur la table. Vous n'avez pas compris ce que nous avons expliqué avant ?

"Tout. Je ne suis pas stupide. Mais je vais aussi te dire une chose : je ne vais pas laisser ça comme ça, compris ?

"Fou. Vous êtes complètement fou. Et à partir de maintenant, je vous dis que je ne veux pas entrer dans cette affaire.

« Personne n'a demandé. Occupez-vous juste de la fille. D'accord, Mac !

« Clay, je vais avec toi.

Il fronça les sourcils.

« Je n'aime pas ça, mais je ne vais pas te laisser tranquille. Peut-être que tu écoutes les raisons si je suis avec toi.

« As-tu peur, Mac ?

"Non, Clay. Je ne l'ai pas. Et je t'ai déjà dit que nous étions ensemble. Je n'ai pas changé d'avis. Celui qui a fait ça est un foutu scélérat. Mais Amazee a beaucoup de pouvoir. Et il l'utilisera. Vous pouvez en être sûr.

" Merci, Mac.

« Bois un autre verre », a déclaré Sally. Et j'espère que ce n'est pas l'un des derniers à boire.

« Nous essaierons de ne pas le faire.

« Un Indien n'est pas un blanc, et Tob a fait beaucoup... avec le blanc.

« Une femme est une femme, ici et ailleurs. Et je me fiche de la couleur de ses cheveux ou de sa peau.

«Eh bien, le monde est plein de fous.

Il ferma les yeux.

« Je vais dormir, mais je vais d'abord dire aux péons de bien verrouiller les portes. Ces Indiens seront là.

"Non, Sally. Ils sont allés chercher un homme aux cheveux blonds et ils savent quelque chose sur lui.

« Quoi, Mac ?

— Qu'il portait un foulard couleur soleil autour du cou. Jaune, Clay. L'Indien le lui a dit.

Clay serra les poings.

« Mon Dieu, je donnerais n'importe quoi pour pouvoir lui parler sans intermédiaires. N'importe quoi, Mac. Personne. Sally était déjà à la porte.

« J'espère que personne ne me tirera dessus à l'improviste. Je vais prévenir les péons.

"Je vais avec toi," dit Clay.

« Eh bien, merci, mec. J'aimerais que quelqu'un s'occupe de moi avec autant de dévouement que vous le montrez avec cette fille. Allez-y.

CHAPITRE IV

La rue principale de Last semblait morte au soleil. Juste quelques hommes, debout à la porte de General Story et parlant à voix basse.

Clay et Mac s'arrêtèrent devant eux. Le soleil de midi descendait inexorablement sur la rue. On pouvait entendre une guitare quelque part.

« Mac Mannister », dit l'un d'eux en levant le bord de son chapeau. De retour, vieux voyou ?

"De nouveau.

« D'après tes vêtements, on dirait que tu n'as pas trouvé d'or. Pas grand-chose, du moins.

"Où est le shérif ? demanda Mac.

« Là-bas, comme toujours. As-tu regardé au commissariat ?

"Oui. Personne.

L'homme haussa les épaules.

« Entrez et prenez un verre. Qui est ton ami, Mac ?

« Un ami. Nous prendrons le verre plus tard.

Clay avait éperonné son cheval. Mac le rejoint.

« Où est le ranch, Mac ?

« À cinq milles au sud. Écoute, Clay, allons-nous y entrer, c'est sûr ?

"Nous irons. Je cherche un travail. Et toi aussi, Mac.

— Personne ne va le croire, Clay.

« C'est possible. Mais cherchons-le... là.

En quittant la ville, un groupe de cavaliers s'avança dans la direction opposée. Ils étaient cinq ou six et ils allaient au grand trot. Ils la dépassèrent sans s'arrêter.

« Tu as vu celui d'en face, Clay ?

"Oui.

« Eh bien, soit je me trompe, soit c'est Tob Amazee.

Clay se retourna.

"Déjà.

Il ne parla plus jusqu'à ce qu'ils atteignent l'embranchement de la route. Un poteau, peint en rouge et surmonté d'un bucrâne, auquel était accrochée une pancarte, marquait la limite du ranch. Le signe avait une croix montée dans un cercle. Et en dessous, on lit Amazee Ranch.

La route serpentait à travers la prairie. Des centaines de vaches et de taureaux se déplaçaient paisiblement, paissant. Un peu plus loin, un groupe de cow-boys à cheval, accaparait une pointe de bétail. En voyant les deux compagnons, l'un d'eux se détacha du groupe et galopa sur les hautes herbes.

Mac s'est arrêté.

Le cow-boy s'approcha d'eux et tira sur les rênes.

« Oui ? » je demande.

"Oui" répondit Mac. Nous recherchons le maître.

« C'est dans la maison. Alors ça ?

« Nous cherchons du travail.

Le cow-boy leva le bord de son chapeau et sourit.

« Je pense que vous vous trompez. Il n'y a pas de travaux au ranch.

« Êtes-vous le contremaître ? Argile a demandé.

« L'assistant du contremaître.

« Dans ce cas, si cela ne vous dérange pas, nous parlerons au maître.

« Faites-le s'il le veut. Tout en avant.

La maison était peinte en blanc et avait des carreaux espagnols rouges. Il se composait de plusieurs bâtiments et entre eux, ils formaient une sorte de carré ouvert d'un côté. Au milieu de l'espace entre les bâtiments, il y avait un autre poteau qui répétait celui qu'ils avaient vu à l'entrée de la route.

Deux hommes à pied attendaient au milieu de la cour. Mac arrêta le cheval à côté d'eux.

"Bonjour" dit-il. Maître?

L'homme pointa son pouce vers la maison.

"Là-dedans. Mais d'abord, ils devront me dire ce qu'ils veulent. C'est occupé.

« Nous voulons du travail.

« Il n'y en a pas. Ce n'est pas le moment.

Son ton sembla clore la discussion.

Clay se pencha sur l'encolure de son cheval.

« Nous voulons parler à M. Amazee.

« Si c'était juste pour le travail, ça ne sert à rien, leur dis-je. Ils peuvent tourner.

"Nous voulons" la voix de Clay était d'une patience insultante, "pour parler à M. Amazee.

L'homme les regarda, fermant les yeux jusqu'à ce qu'ils deviennent deux fentes.

« Oui ? Eh bien, essayez-le. Allez-y, les gars.

Clay lança son cheval vers la maison et l'arrêta sous le porche. Un homme armé d'un fusil, assis sur une chaise, les regardait. La pointe de l'arme, comme par accident, était pointée sur le docteur.

"Oui ?

« Nous voulons parler à M. Amazee.

« Il ne reçoit personne. Vous ne recevez tout simplement pas.

Clay souffla lentement l'air.

Puis soudain, il haussa la voix.

« Monsieur Amazee !

L'homme au fusil se leva.

« Où pense-t-il qu'il est ? Je demande ». Au milieu du bloc, d'où vient-il ? Sortez d'ici tout de suite !

Clay démonté. Le fusil était toujours pointé sur lui.

« Vous ne m'avez pas entendu ?

Clay fit deux pas vers les marches du porche.

"Maintenant, il a...

La porte s'ouvrit. Une grande silhouette apparut dans l'embrasure de la porte.

« Que diable se passe-t-il ici ! Putain, fils de pute, quoi de neuf ?

L'homme au fusil se retourna.

« Ces gars veulent vous parler, monsieur.

« Ceux ? Qui sont-ils ?

L'homme qui venait d'apparaître avait des cheveux gris fer, un visage rouge, de larges épaules et un ventre en avant. Il donnait une impression extraordinaire de force, mais surtout d'énergie.

« Que veux-tu ? Parlons.

Clay se tenait sur les marches.

« M. Amazee ? » Je demande.

La question était totalement inutile, mais il la posa sachant que cela lui faisait gagner un peu de temps.

« Sil ! Mais ça ne compte pas pour toi. Qui es-tu ?

"Je cherche du travail.

« Pas de travail. Ces inutiles ne vous l'ont pas dit ?

— Oui, mais je voulais avoir de tes nouvelles.

Les yeux du motif étaient gris foncé. Ils regardaient aussi Clay sous d'épais sourcils gris.

"Ah ouais ? Bon, tourne tout de suite d'où tu viens et, avec mille paires d'enfers incarnés, ne t'embête plus !

La voix de Clay était presque d'un calme insultant, contrairement au tonnerre de cette voix tonitruante.

« Écoutez, M. Amazee, avez-vous vu un médecin récemment ?

« Un docteur ? Que diable voulez-vous dire ? Sortez d'ici tout de suite.

« Vous n'avez pas eu le vertige ces derniers temps ? Pas de bourdonnement dans les oreilles ?

"Vous êtes fou. Buck, jetez-les tout de suite.

L'homme au fusil a soulevé celui-ci.

"Sortez d'ici. Je vais compter jusqu'à deux et ensuite...

« Attendez, bon sang ! Qu'entendez-vous par vertige ?

« Les avez-vous ressentis ?

« Dans ma vie, mais qu'est-ce que tu voulais dire ?

« Rien dans ce cas. Si ce n'est pas le cas, vous n'avez pas à vous inquiéter. Si vous les avez ressentis, en avez-vous parlé à un médecin ?

Il se tourna et se dirigea vers Mac, qui était toujours à cheval.

Allez, Mac.

Il s'approcha de la sienne.

« Reste toujours là !

Cela avait été quelque chose de très proche d'un coup de fouet cervical. Clay se retourna.

« Oui, M. Amazee ?

"Viens ici.

« Vous avez dit de sortir. Et ils le soutiennent avec un fusil. Nous quittons.

"Tu ne pars pas. Buck, empêche-les de partir.

« Vous avez entendu le patron, les gars.

Le silence tomba sur le patio, arrosé par le soleil.

"M. Amazee, nous ne voulons pas perdre de temps.

«Ici, la personne qui l'a envoyé perd son temps et celui qui l'a envoyé le faire de cette façon fonctionne. Viens ici.

« Tu l'as entendu, mon garçon.

Clay mit pied à terre et se dirigea vers le porche.

«Ça se passe ici. Buck, reste à la porte et ne laisse pas passer celui-là.

« Entendu, monsieur.

Amazee se retourna et entra dans le ranch. Clay se retourna.

« Mon partenaire vient avec moi.

« Votre... ? C'est bon. Viens.

Mac démonté. Il entra derrière eux.

Il y avait une salle immense, ornée de trophées de toutes sortes, de l'immense tête d'un taureau à longues cornes, à la peau d'un ours avec son énorme gueule ouverte pour montrer ses dents jaunes.

Aux murs, blanchis à la chaux, des torses d'antilopes, de lynx, de loups et de deux pumas, alternaient avec des fusils de chasse de toutes marques, calibres et âges.

« Voyons, les gars, il y a quelque chose ici que je ne comprends pas et j'aime comprendre les choses. Je ne peux pas le supporter. Soit je les comprends, soit...

Il a laissé l'alternative en l'air. Il se dirigea vers le bureau d'acajou incrusté d'ébène, ramassa une bouteille de cristal taillé et deux verres.

"Un verre ?

"Oui Monsieur.

Le vieil homme le servit et en plaça un autre devant lui.

« Mon partenaire boit aussi.

« Aidez-vous. Et maintenant, vous allez me dire ce que vous vouliez dire par cette chose.

« Les avez-vous ressentis, oui ou non ?

Le vieil homme but avant de répondre. Il s'essuya la moustache.

"Quelques fois. Petite chose, enfer. Rien à craindre. Et je n'en ai parlé à personne. Comment diable saviez-vous ?

Clay jeta un coup d'œil oblique à Mac. Mac s'avança. J'avais compris.

« Mon partenaire est médecin, M. Amazee.

« Docteur ? Votre ?

"Moi.

« Pourquoi ne l'avez-vous pas dit avant ? Qui vous a envoyé ?

"Personne. Moi-même. Je lui ai dit que je cherchais un travail.

"Comme un medecin ?

« Comme un pion.

"Un doc ? Tu mens. Mais là maintenant tu vas me dire qui t'a dit que je...

"Personne, je répète.

Clay se redressa. Puis il tendit la main. Le vieil homme attrapa la crosse en nacre à motifs de son Colt, qu'il portait pendant sur ses cuisses épaisses.

« Tiens bon, merde !

"J'ai regardé ma main.

"Que je...?

"Regarde la.

Amazee obéit.

« Le voyez-vous stable ?

"Je fais.

« Vous la voyez trembler. Il ne le voit pas stable. Et pourtant, touchez-le et vous verrez qu'il est ferme comme un roc.

"Ouais, et alors ?

Sa voix était un peu moins assurée qu'avant.

« Vous êtes tout simplement malade.

"Moi ? Ne dis pas de bêtises ! Dans ma vie je me suis senti mieux !

« Et ces vertiges, tu ne vois pas des mouches devant tes yeux ? La nuit il est fatigué. Ses oreilles bourdonnent.

LA trouva une chaise et s'assit.

« Et tout ça, ça veut dire quoi ? Supposons que ces choses arrivent, bon sang, mais que signifient-elles ?

« Vous n'avez jamais vu de médecin ?

"Oui bien sûr. Au Dr Ball. Il vient à Last de temps en temps et enlève les molaires et met des sangsues. Je l'ai fait venir ici et il m'a dit que c'était... comment c'était ? Que c'était l'image du homme en bonne santé.

Clay le fixait. Sourit.

"Est un docteur?

« Eh bien... il s'appelle ainsi. Et maintenant vous, écoutez-moi, doc. Y a-t-il quelque chose qui ne va pas?

« Vérifiez auprès du Dr Ball.

Il s'arrêta.

« Je suis venu ici pour chercher du travail. Pion. A-t-il?

LA se balançait sur sa chaise, d'avant en arrière.

« J'ai du travail pour toi.

"Nous sommes deux.

« J'ai du travail pour nous deux. Mais maintenant tu vas me dire ce que les flashs m'arrivent.

Maintenant, M. Amazee ?

Il fit deux pas jusqu'à la table, ramassa la bouteille et se versa un nouveau verre.

« Engagez-moi et nous parlerons.

LA se leva violemment.

« Pourquoi veux-tu travailler comme ouvrier ? Un médecin ne fait pas ça !

Disons que je l'aime mieux.

« Disons que vous êtes un menteur et que vous êtes venu ici dans un but que je ne connais pas maintenant, mais que je découvrirai bientôt.

« Disons-le et... essayez-le. Je m'en fiche. Il existe d'autres ranchs où trouver du travail.

« Cite-moi un.

L'intestin de LA a bougé de haut en bas. Il riait.

« Les ranchs comme des mouchoirs que je laisse continuer encore parce qu'ils ne font même pas de moi l'ombre qu'une fourmi me ferait. Des mendiants qui ramassent les miettes d'herbe que je leur laisse. Vas y fait le. Cherchez du travail en eux.

« Cherchez la santé ailleurs.

LA se leva.

"Qu'est-ce que tu as dit?

« Va chercher cette balle.

Il fouilla dans la poche de sa veste et en sortit un morceau de papier. Il a été plié en huit plis, et collé sur un tissu de soie.

"Regarde ça, Amazee.

« Le « monsieur » avait été mis de côté. Les yeux du vieil homme se plissèrent. Mais il prit le papier et le déplia.

"Docteur en médecine. Je ne comprends toujours pas quelle condamnation fait ici un médecin, sans être là pour voir les malades, demander du travail comme ouvrier.

"C'est mon compte.

Le vieil homme plissa les yeux. Pendant un instant, il ne parla pas.

« Vous êtes embauché » dit-il soudain.

"Nous sommes deux.

« Nous deux, bon sang. Ils sont embauchés. Mâle!

Buck apparut dans l'embrasure de la porte, fusil à la main.

« Ces deux hommes sont embauchés. Donnez-leur une place dans la chambre. Ils voudront manger. Nous le faisons en une demi-heure.

« C'est bon. Présentez-vous au contremaître. Buck, apportez-les-lui.

Les deux hommes se dirigèrent vers la porte. Ils étaient déjà dedans quand le vieil homme l'appela à nouveau.

« Vous l'avez voulu. Il travaillera comme un pion.

"Naturellement.

« Et ici, les gens travaillent dur. Je m'occupe de ça.

"Ça va bien. Le ranch est à toi.

Ils sont partis. Buck les regardait étrangement.

« Qu'est-ce que tu as dit au patron pour qu'il t'embauche ? Vous n'avez pas besoin des gens.

« Pourquoi ne lui demandez-vous pas ? suggéra Clay d'un ton utile.

«Je le ferais si j'étais désespéré pour la vie.

Ils avaient atteint l'une des dépendances. Un homme examinait un cheval dans la forge.

"M. Lane, le patron a engagé ces deux hommes.

Lane ne répondit pas. Il examinait toujours le cheval, appuyé sur sa patte. Le forgeron observait la scène en fumant une cigarette.

Près de cinq minutes s'écoulèrent. Enfin, Lane se redressa.

« Ça a déjà l'air d'aller. Mais encore une fois, ne rayez pas la coque.

"Non monsieur.

Et puis Lane s'est tourné vers eux.

— Alors il t'a embauché, non ?

"Oui," dit Clay.

Dites « oui, monsieur ».

« Il nous a embauchés.

Dites « oui, monsieur ».

Lane était grand, avec des cheveux très blonds et des yeux rapprochés, couleur de l'eau sale. Il portait une chemise à carreaux rouge et jaune et des jambières sur les jambes.

« Qu'est-ce qui vous arrive ? Ne pouvez-vous pas dire « oui, monsieur » ?

"Pas.

Mac connaissait déjà Clay. Elle vit ses mâchoires serrées et les veines de son cou se détachaient sur la peau bronzée.

Et il comprit que les difficultés avaient commencé.

"Pas?

"Pas.

Le poing de Lane s'élança vers l'avant, cherchant la mâchoire de Clay. Il recula et le poing passa inoffensif devant son visage.

Le corps de Lane se pencha en avant, le bras tendu.

Puis Clay a plongé son poing gauche dans son côté droit, juste au-dessus de son foie.

Le coup était précis ; celui d'une personne qui sait où donner, et donne dur. Lane a eu le souffle coupé et est tombé au sol, se tenant le côté avec les deux mains.

Le forgeron prit le marteau et s'avança sur eux.

Mac a sorti le revolver.

"Champ libre" dit-il.

"Merde," dit Lane, haletant.

« Vous avez commencé en premier. Pas moi.

Lane a commencé à se lever.

« Vous avez un revolver à votre ceinture. Sors-le.

"N'y pense pas. Je ne suis pas venu ici pour tuer qui que ce soit. Mais tu as commencé le combat.

Un groupe d'hommes s'approchait, presque en courant.

Lane posa la main sur son étui.

« Si vous tirez sur un homme qui ne répond pas, vous n'en sortirez pas vivant, » dit Mac paresseusement. N'y pense pas.

"Personne ne viendra me frapper ici" dit Lane avec un regard meurtrier.

"Tais-toi, cochon ! dit Clay d'un ton ferme. Tu as commencé. Qui pense-t-il qu'il est ? Maître ?

Les hommes étaient arrivés. Ils furent indécis un instant. Et Lane a pris sa décision.

« Prenez ces gars et mettez-les ici. Et puis tu fermes la porte.

CHAPITRE V

Clay réalisa ce qui allait se passer. Enfermés dans la forge, ils seraient entre les mains de Lane. Et ce n'était pas très difficile de deviner ce qu'il essayait de faire.

"Le premier qui mettra la main sur moi, il aura un coup de feu", a-t-il déclaré. Et il a sorti l'arme. Mac se tenait à côté de lui, épaule contre épaule, et ils faisaient face au groupe.

Lane, légèrement penché, fusil à la main, les fixait. Le groupe d'hommes s'ouvrait en cercle. Et au-dessus, le soleil se couchait incandescent sur le ranch.

« Lane », a déclaré l'un des hommes, « ces deux gars étaient chez Sally en train de poser des questions. Nous les avons vus là-bas.

« Ah ouais ? Quel genre de questions ?

« A propos d'un fer à bétail.

Lane fronça les sourcils.

« Gardez-les couverts, les gars. Voyons quelle condamnation est celle des fers.

Mais la situation était périmée. Les deux compagnons ont également parcouru le terrain.

"Écoute, Lane, je ne veux pas me battre. Mais si l'un de vous essaie de mettre la main sur nous, il va y avoir une bagarre.

"Il y en aura," acquiesça Lane. Et le seul moyen de l'éviter est que vous alliez dans la forge pour que nous puissions parler.

"Pas mort," répondit Clay. Et maintenant, Lane, laisse place parce que nous partons d'ici.

« Oui ? Eh bien, voyons ça...

"Le patron arrive" dit l'un des hommes à voix basse.

Lane a tourné. Lot Amazee se dirigea vers la forge, à pas lourds. Avant d'atteindre quinze mètres, il se mit à parler.

« Lane, bordel ! Qu'est-ce qui se passe là-bas ?

Lane rangea l'arme.

— Rien, monsieur Amazee. Rien que je ne puisse réparer.

« Vraiment ? Et... puis-je savoir ce que vous devez réparer avec un revolver à la main ?

Soudain, sa voix atteignit un degré presque tonitruant.

« Abandonnez-vous toutes ces foutues armes ! Tout de suite !

Tous ses employés rangent à la hâte leurs revolvers. Ni Clay ni Mac ne l'ont fait. Le regard du vieil homme se tourna vers eux.

« Vous n'avez pas entendu ?

"Oui" dit Clay "Nous l'avons entendu.

« Alors pourquoi diable... ?

Demandez à Lane. Il a tout commencé.

"Voie?

Le contremaître bougea les mâchoires.

« Ce type était insolent avec moi. Et je ne supporte aucun pion qui le fasse.

"As-tu fais ça?

Clay sourit.

« Il voulait que je lui fasse le même traitement que toi.

Lane rougit.

« Tu mens, putain de salaud.

« Ensuite, nous discuterons des vertus de nos mères... seules. M. Amazee, Lane voulait que je vous appelle monsieur à chaque fois que je lui parlais. Apparemment, il était ennuyé que tu m'aies engagé sans lui.

LA se tourna vers son contremaître.

« Lane, nous parlerons plus tard, toi et moi. J'ai engagé cet homme et c'est fini. Ici, je donne des ordres. Et si vous ne les aimez pas, vous savez déjà ce que vous pouvez faire. Et maintenant... avec mille paires de diables au lit, ça suffit !

"Un moment.

LA se tourna vers Clay.

« Vous ne m'avez pas entendu ?

« Oui. Mais l'affaire n'est pas terminée. Vous m'avez engagé, mais vous ne m'avez pas acheté. Je suis libre de m'en aller si je n'aime pas le travail… ou les hommes. Est-ce bien compris ?

Le visage d'Amazee est devenu violet.

"Que diable…? Ne sais-tu pas que si je le voulais, tu ne travaillerais dans aucun…?

Sa voix s'est éteinte. Comme dans un livre, Clay pouvait lire dans ses pensées. Il avait demandé à travailler comme un pion, mais… il n'était pas un pion. Et le vieil homme s'en était rendu compte au milieu de son explosion.

« Sortez d'ici ! » dit-il.

"Avec plaisir. Allez, Mac.

Je commence à marcher. Derrière lui, il entendit la respiration sifflante du vieil homme.

Ils atteignirent leurs chevaux. Clay posa son pied sur l'étrier et puis il y eut à nouveau ce grondement, comme le tonnerre dans les montagnes.

"Attendez!

J'espère.

Le vieil homme s'approchait de lui.

« Les gens ne partent pas d'ici. Ça me manque.

« Je me considère licencié. Tu m'as dit "dehors".

« Et maintenant, je lui dis de rester.

Clay le regarda fixement, s'efforçant de ne pas voir la joie sur son visage d'avoir gagné la manche.

"Avec une condition.

Il sentit le regard de Mac et des autres sur lui.

« Des conditions… pour moi ?

"Je suis désolé. Oui.

"Et…" la voix du vieillard résonnait avec une colère contenue ", quelle est cette condition ?

« Je prendrais les ordres de toi, pas de ce type.

« Je me fous du radis de qui tu prends tes commandes...

"Pas moi.

« Mais tu vas rester. Viens avec moi.

« Attends-moi, Mac. Et souviens-toi, tu es avec moi. Ne les laisse pas mettre leur pied dans ta gorge pendant que je suis avec M. Amazee.

« Lane ! Ne touche pas à cet homme, tu me comprends ?

« Oui, M. Amazee.

Ils entrèrent dans la maison. La fraîcheur de l'intérieur les accueillait.

" J'ai écouté. " LA s'était tourné vers Clay. " Mon ranch est géré par moi. Si je l'ai loué...

"Eh bien, laissons tomber ça," répondit Clay. Avez-vous un cigare ?

Amazee alla à sa table, en sortit une boîte et lui en tendit une poignée.

« Ne m'interromps pas quand je parle.

« Je ne veux pas parler de choses qui ont déjà été dites. Vous dirigez le ranch, vous donnez des ordres et les autres obéissent. Cela me semble bien. Mais personne ne m'ordonne, ni ne me donne d'ordres, si je ne le veux pas.

« Vous avez demandé un emploi !

« Je suis américain, blanc et libre de m'embaucher. Et si je ne veux pas rester quelque part, personne ne peut m'y obliger.

« Je l'engage comme médecin. Je te donnerai cent dollars par mois. Mais tu dois me laisser en parfait état. Je dois envoyer 10 000 têtes de bétail dans le Nord en deux mois.

"Tu as un fils.

« Il ne peut pas... Que diable voulez-vous dire ? Je ne suis pas invalide.

"Bien sûr. Mais vous pouvez devenir invalide si vous n'avez pas un médecin qui veille sur vous.

« Bon sang, c'est ce que je contracte avec toi !

Clay le regardait avec une expression concentrée.

"Eh bien, que me dites-vous ?

"Je dis oui. Avec une condition.

« Toi et tes fichues conditions ! Allez, dis-le maintenant. Je suppose que vous n'accepterez que des ordres de moi personnellement.

« Non monsieur. Je n'accepterai d'ordres de personne. Vous les recevrez de moi... en ce qui concerne votre santé, bien sûr.

LA le regardait sous ses sourcils broussailleux,

« Je n'espère rien d'autre. Je ne pense pas que vous vouliez diriger le ranch, n'est-ce pas ?

Clay sourit.

"Pas.

Mais son sourire n'avait pas atteint ses yeux. Ses lèvres se refermèrent brusquement.

« Oui ou non, M. Amazee ?

« Avec un diable, nous allons essayer. Mais fais attention. Et n'excitez pas trop Lane. C'est un gars dur.

« Moi aussi... à ma manière. Je le lui ai déjà prouvé. Dis-lui de s'occuper du ranch et pas de moi.

Le vieil homme éclata de rire.

« Vous ne l'aimerez pas, mais je vais vous le dire. Et maintenant, enlevez ces vertiges.

"Tu n'aimeras pas non plus la façon dont je vais le faire.

"J'ai écouté. Presque toute la région est à moi. Je l'ai gagnée avec mes efforts. Mais j'ai une autre partie. Et j'ai les contrats du gouvernement pour fournir du bétail aux abattoirs de l'armée et aux abattoirs civils de Chicago. Je dois les remplir Je ne veux pas rester au lit pendant deux jours avec un mal de tête.

« Vous avez un fils. Il peut gérer certains travaux, n'est-ce pas ?

« Il fera ce qu'il peut. Mais je préfère faire les choses moi-même.

"Où est ton fils ?

Un air de suspicion apparut dans les yeux de l'éleveur.

« Pourquoi veux-tu savoir ? Veux-tu lui parler... de moi ?

"Non monsieur.

« Parce que je ne veux pas effrayer le serveur. Ils m'ont toujours vu à mon poste. Je ne veux pas qu'ils commencent à penser que je vieillis.

"Non monsieur.

« Eh bien, dans ce cas... voyons si nous pouvons commencer à marcher.

« Pose ce verre.

« Le whisky ? C'est bon. C'est le mauvais whisky qui me fait mal.

« Tout le monde souffre à long terme. Laisse le.

Le vieil homme posa violemment le verre sur la table.

"OK OK! C'est déjà parti. Et maintenant...

« Vous allez maintenant suivre mes instructions.

* * *

Le groupe de cavaliers est entré dans le ranch au coucher du soleil. En tête, le jeune blond. Cheveux ébouriffés, vêtements moites, il entra dans l'immeuble en faisant claquer ses éperons et en faisant claquer son fouet.

« Voyons ce dîner ! Bonjour père.

Puis il se retrouva à regarder Clay dans les yeux.

« Qui est-ce ? Un ami ?

"Un médecin.

« Un médecin ? Et pourquoi avez-vous besoin d'un tueur ? Vous sentez-vous malade, père ?

« Vous vous sentirez mieux si vous suivez mes conseils.

"Déjà.

Il se versa un verre de whisky et le but d'un trait. Il fit claquer sa langue.

« Voyons, expliquons.

Il se dirigeait droit vers Clay. Il ne souriait même pas.

"Il n'y a rien à expliquer. Son père et moi avons déjà parlé.

"Mon fils Tob" dit Amazee. C'est un chiot de bonne race. Un peu violent parfois, mais les prairies n'engendrent pas d'hommes pacifiques.

Il posa une main sur l'épaule de Tob.

« Non, mon garçon ?

"D'accord, mec. Mais que diable se passe-t-il ici ? Vous n'avez jamais eu besoin d'un matasanos.

"Maintenant, il a besoin de guérisseurs", dit Clay d'un ton d'acier. L'autre remarqua son ton et se tourna lentement vers le docteur.

« Oui ? Que lui arrive-t-il ?

« Écoute, Tob. Tout le monde atteint un âge... Clay s'est rendu compte que le vieil homme citait ses propres mots. Il ne souriait pas. C'était bon signe.

« ... C'est qu'il a besoin d'abandonner certaines coutumes. Manger beaucoup. Buvez beaucoup... Enfin, tout ça. Petit à petit, bien sûr, mais il faut prendre soin de soi.

"Chose futile!

Cela avait été une sorte de coup de fouet. Il se tourna vers Clay.

« Qu'est-ce que tu as fait ? Mettre la peur dans son corps ? » Non.

"Puis...?

"Tais-toi.

« Personne ne m'a fait taire. Et s'il arrive quelque chose à mon père, dis-le, mais pas de bêtises.

« À qui dois-je le dire. À vous ?

"Oui.

"Pas.

« Père, remets-le à sa place.

« Là, fils. A l'endroit où j'ai voulu l'avoir.

"Chose futile!

Il a frappé sa botte avec la cravache.

"Eh bien, nous parlerons demain. J'ai roulé dur. Demain.

"Où étais-tu?

« Eh bien... là-bas. Au nord de Pradera Grande. Il y avait une carcasse dans la fontaine. Cela aurait pu empoisonner l'eau. "Il est allé à la porte". Demain, nous parlerons, matasanos.

Clay hocha la tête. Le garçon est sorti. Clay se dirigea vers la fenêtre. Dans la lumière crépusculaire, il a vu quelqu'un s'approcher de lui à l'extérieur du porche. Il reconnut les larges épaules du contremaître.

"Le signal du dîner va retentir", a déclaré Amazee. Tu le feras avec moi.

Avait-il eu peur ? Clay vit la lumière vacillante dans le regard de l'éleveur.

"Avec plaisir.

Le cuisinier chinois a servi le dîner. Quand Tob vit ce que son père mettait dans son assiette, il haussa un sourcil.

« Seulement ça ? Père, un homme a besoin de nourriture.

"Tais-toi, avec un diable. Je mangerai ce que je veux.

Les yeux du garçon se posèrent sur Clay.

« Est-ce votre médicament, matasanos ?

"L'un d'eux.

« Père, ne laisse pas ce type te dire quoi faire. Allez, vous n'êtes jamais tombé si bas qu'on vous le dise...

"Tais-toi!

Les lèvres du jeune homme s'étaient rétrécies en une seule ligne.

« Toi et moi allons parler un peu de tout ça, matasanos.

« Avec plaisir, Amazee. Mais je vais vous mettre en garde sur une chose. Je n'aime pas qu'on m'appelle matasanos.

« Non, matasanos ?

« Non, et je vous conseille de ne plus recommencer.

« Nous verrons, matasanos. Bien que je doute que ce soit même cela.

Les yeux de Clay se plissèrent.

« Au fait, je le suis. La dernière fois que j'ai eu la chance de prouver que c'était avec une fille indienne.

« Les Indiens n'ont pas besoin de médecins. Ils ont leurs sorcières ", a déclaré LA

« Celle-ci, non. Quelqu'un l'avait violée sur une route de montagne.

Ses yeux n'ont jamais quitté ceux du jeune Amazee. Son visage semblait vide, mais il la fixait en retour.

« Oh ouais ? Et qu'est-ce qui lui est arrivé ?

"C'était très mauvais. Je me suis occupé d'elle.

« Vous êtes-vous donné tant de peine pour une Indienne ?

"Oui.

La syllabe avait craqué comme un cil.

« Et j'aimerais savoir qui est le bâtard qui a fait ça. Et pas par moi-même. Les Indiens sont également à la recherche du cochon qui a violé la jeune fille.

« Eh bien, laissez-les chercher parmi eux. Ils savent tous quand il s'agit de ces choses.

«C'était un homme blanc, pas un homme rouge.

"Comment savez-vous?

« Je sais, c'est tout.

« Tant d'histoires pour une femme indienne ? Quand je dis que tu es un matasanos...

Clay se leva lentement, repoussant sa serviette.

Dis-le encore, Amazee.

" Tais-toi ! " LA a explosé. " Toi, retourne à ta nourriture. Et toi, Tob, tais-toi. Garde ta langue dans ta bouche ou je te la ferai avaler.

"Je le ferai moi-même", a déclaré Clay.

"S'asseoir!

Clay n'obéit pas. Il se dirigea vers le garçon et rapprocha son visage de celui de l'autre.

"Répète ça.

"Charlatan.

"Soyez silencieux!

Le poing de Clay a percuté la mâchoire de Tob Amazee et il l'a tiré en arrière. Le jeune homme tomba au sol, les yeux roulants. Le coup avait été porté par quelqu'un qui connaissait bien l'anatomie.

« Cochon ! Comment oses-tu frapper mon fils ?

« Il m'a insulté.

Amazee avançait sur lui.

« Vous ne savez pas ce que vous avez fait. Je vais enlever la peau en bandes.

Clay tendit la main vers le revolver.

« Arrêtons les bêtises. Personne ne va m'insulter et personne ne va me dépouiller la peau.

"Voie !

« Si quelqu'un ose me toucher, je le tuerai, Amazee.

"Voie !

Le contremaître a ouvert la porte.

"Monsieur ?

Ses yeux scannèrent la situation, prenant instantanément le dessus.

— Lane, ne dégaine pas ton revolver, dit doucement Clay. Ne l'enlevez pas si vous n'êtes pas prêt à l'utiliser... jusqu'à la mort.

« Descendez de mon ranch !

Mac était apparu à la porte.

« Des conflits, Clay ?

"Conflits. Nous sommes laissés ici.

Les yeux du vieil homme étaient plissés.

« Lane, je ne veux pas voir ces gars par ici.

« Avec plaisir, monsieur.

— Laisse-les partir, Lane.

Tob Amazee était assis. Sa main droite se dirigea vers l'étui.

« Tiens bon, Tob !

« Il a mis ses mains sales sur moi et je vais...

"Tu ne feras rien ! Je te l'interdis ! Ces types quittent mon ranch en ce moment. Ils ne seront touchés par personne.

« Nous partons », a déclaré Clay, toujours avec le pistolet à la main. Nous partons, et il vaudrait mieux pour eux de ne pas avancer.

Il se tourna vers le vieil homme.

« Quant à toi, je te l'ai déjà dit : il ne faudra pas longtemps pour voir l'erreur que tu as commise.

Il est allé à la porte.

« Passe, Lane.

« Lane, personne ne le touche.

"Non monsieur.

Mac et Clay sortirent.

"Nos chevaux" ordonna le dernier.

"Ils vont les avoir en un rien de temps", a déclaré Lane d'un air menaçant. Et si nous les revoyons ici, ils n'auront pas d'os intacts.

Clay se pencha vers lui.

Et si jamais je te revois seul quelque part, tu regretteras d'être né.

"Bâtard.

— Pas autant que toi, Lane. Et maintenant, les chevaux. Et que Dieu ait pitié de vous si vous n'êtes pas en forme.

Les chevaux étaient. Clay et Mac s'en sont assurés lentement, prudemment.

Puis ils montèrent et quittèrent le ring du ranch.

"Soyez très prudent, mon garçon," dit Mac. Comprenez-vous le jeu ?

"Ample. Le vieil homme ne voulait pas qu'il nous arrive quoi que ce soit à l'intérieur du ranch. Mais à l'extérieur, ce sera autre chose.

"Eh bien, où allons-nous? En ville?

Clay y réfléchit un instant.

« Ou à la poste, Mac. Nous devons de toute façon nous arrêter à Last.

Ils arrivèrent en ville vers onze heures.

"Nous devons trouver un endroit pour dormir", a déclaré Clay.

« Je » Mac le regarda avec une expression pensive, « Je trouverais une place dans le pré. Je n'aime pas ça.

« On a le temps pour ça.

Ils arrivèrent à l'hôtel. Celui-ci avait le carré en partie basse. L'endroit était plein de monde, de fumée et de bruit de musique. Les deux compagnons s'approchèrent du comptoir.

L'homme qui servait les regarda. Puis, rapidement, il jeta un coup d'œil à un autre de ceux qui s'appuyaient contre le comptoir. Clay a été alerté.

"Mac" dit-il doucement. Peut-être aviez-vous raison. On devrait peut-être dormir dehors.

"Qu'est-ce que ça va être ? demanda le barman.

« Whisky. Avez-vous des chambres ?

"J'en ai un. Avec deux lits.

« Nous l'avons pris.

« C'est trois dollars.

« On le prend pareil.

"C'est bon. Voici la clé.

Clay se tourna lentement tandis que Mac prenait la clé. L'homme que le barman avait regardé se détachait du comptoir et marchait paresseusement vers eux.

« Attention, Mac.

L'homme s'approcha d'elle. Puis, lentement, il sortit quelque chose de sa poche et le montra.

"Je suis Hoop, shérif de Last" dit-il. Et je salue les étrangers quand ils viennent en ville.

"Goût," dit Clay.

— Oui, d'ailleurs. Bien et maintenant donne-moi les revolvers.

Clay s'appuya contre le comptoir.

«Pour quelle raison devrions-nous le faire?

« Voyez, les gars. Vous me les donnez et ensuite nous discutons de la question, est-ce que ça va ?

Il avait la quarantaine, grand, avec une moustache couleur moutarde. Ses yeux étaient cerclés de rouge.

« J'ai demandé pourquoi nous devrions le faire, Hoop.

« Ils ne veulent pas ?

«Je n'ai pas dit une telle chose. J'ai demandé la raison. Là, je vois beaucoup d'hommes qui portent leurs revolvers. Prévoyez-vous de toutes les poser ?

Le regard du shérif se durcit.

— Non. À vous. Et je commence à être fatigué. Donnez-moi l'artillerie.

Clay parla lentement.

« Non, jusqu'à ce que j'aie répondu.

« Non ? Eh bien, pire pour vous.

Clay leva les yeux vers la galerie qui entourait le saloon sur trois côtés, il y avait un homme qui se battait. Et le fusil était pointé directement sur eux.

« Si je donne l'ordre, cet homme les fera frire vivants. Alors les gars, allez déposer vos armes.

"Et alors?

« Ensuite, ils viendront avec moi au poste de police.

Clay leva à nouveau les yeux. Le fusil fit un mouvement rapide.

Lentement, il laissa tomber son biricu. Mac fit de même, jurant dans sa barbe.

Le shérif a repoussé les armes. Ce n'est qu'alors que l'homme de la galerie descendit.

« Ramassez ces revolvers » dit-il en pointant leurs propres pistolets sur les deux compagnons. Et vous allez à la porte. Mais, les garçons, ne pensez même pas à courir, car ce serait la fin.

"Allez," dit Clay.

Il savait quand ne pas résister, et ce fut l'un de ces moments.

CHAPITRE VI

Le shérif les regarda de derrière son bureau. Ses yeux étaient clairement hostiles. Il y avait un autre commissaire à côté du premier.

« Donc, vous pensiez que vous pouviez vous rendre dans un endroit paisible et commencer à vous amuser, hein ?

Clay ne répondit pas.

« Vous ne répondez pas, hein ? Eh bien, ici, nous avons des moyens d'ouvrir la bouche des gars qui sont durs avec ça.

« De quoi nous accusez-vous, shérif ?

« Ah, mais ne savez-vous pas ? Très facile. Je vais vous le dire. Pour favoriser la querelle au ranch de M. Amazee.

« Est-ce que M. Amazee lui-même l'a dit ?

"C'est comme ça.

« Lui, personnellement ?

« Cela importe peu, n'est-ce pas ?

"Peut-être.

"Eh bien, je dis que ça n'a pas d'importance. Le fait est que vous l'avez fait. Et nous ne tolérons pas ça ici. D'un autre côté, les gars, peut-être que je vous fais une faveur.

"Vraiment ?

« Vous pouvez le dire. Les cow-boys de M. Amazee vous cherchaient. Et sans bonnes intentions, je peux vous l'assurer. Donc les choses sont comme ça. Vous allez passer quelques jours en cellule jusqu'à ce que les choses s'éclaircissent.

Il regarda Clay.

« Ils disent que vous êtes médecin.

Clay haussa les épaules.

« Cela n'a pas d'importance.

« Mec, non, tu n'es pas n'importe quel gars. Malheureusement, nous n'avons pas besoin de médecins promoteurs d'émeutes ici. Hooky, emmène-les dans les cellules.

« Combien de temps comptez-vous nous garder ici, shérif ?

« Eh bien, ce sera peut-être pour plus tard.

Alors que Hooky avançait vers la porte intérieure, le shérif dit soudain :

« Est-ce que ce que j'ai entendu au sujet d'une femme indienne est vrai ?

« Je ne sais pas ce que vous avez entendu.

« Que vous ayez trouvé une Indienne blessée sur la montagne et l'avez emmenée au poste de Sally.

« C'est vrai, mais elle n'a pas été blessée. Ils l'avaient violée.

"Eh bien, tu dis ça.

"Oui.

Et je n'y crois pas. Et même si c'était vrai, un Indien est un Indien. Certainement du rouge l'a fait. Ils en sont très friands.

Clay se tourna vers lui.

« C'est ce que vous voudriez croire, n'est-ce pas ?

"C'est ce que je pense.

Il posa les pieds sur la table avec satisfaction.

« Emmenez-les dans la cellule, les garçons.

Les mâchoires de Clay étaient serrées.

« Shérif, combien Amazee vous paie-t-il pour faire ce qu'il vous dit de faire ?

Les yeux du shérif Hoop brillèrent.

Il se leva lentement et s'avança vers Clay. Un de ses commissaires enfonça la bouche du fusil dans le dos du docteur.

Alors Hoop a frappé la mâchoire de Clay directement. Il est tombé à l'envers.

« Ce n'est que le début, mon garçon. Si vous dites encore quelque chose comme ça, nous prendrons votre tour. Et vous regretterez d'être né.

« Shérif, vous et moi nous verrons un jour lorsque vous ne serez pas protégé par vos voyous.

« Vous en voulez plus ? Les garçons, mettez-le sur pied.

Mac s'avança.

« Pourquoi ne combattez-vous pas seul, Hoop ?

Cette fois, le coup était pour lui. Les canons de deux fusils étaient pointés directement sur lui.

« Allez, lève-toi, tue-nous.

Clay se leva et le shérif leva le bras.

Une main nerveuse agrippa son poignet et le plaqua en l'air. Puis le poing gauche de Clay s'enfonça dans le foie de Hoop.

Le shérif se plia en deux, la bouche ouverte, les yeux plissés. L'un des commissaires a détourné l'arme pointée sur Mac et a tiré. La balle passa sur le corps courbé de Clay et les événements commencèrent à se précipiter.

Le shérif Hoop était tombé au sol. Il haleta, haleta, et un gargouillement sortit de sa bouche.

Mac s'était soudainement retourné contre l'autre commissaire, avait attrapé le fusil par le canon et l'avait tiré vers lui. Le commissaire a déménagé. Mac leva le fusil et le réticule frappa l'autre, sur la joue, sous un œil. Il lui manquait un pouce pour le sauter.

Celui qui avait tiré n'a pas pu recharger. Clay se retourna, souleva sa jambe et envoya son genou dans le bas-ventre du commissaire.

Les deux compagnons se regardèrent.

"Ferme la porte" ordonna Clay.

Il ramassa l'un des fusils et se retourna. Les rôles s'étaient inversés. Le shérif était déjà assis en jurant d'une voix rauque :

« Jetez-les contre le mur, Mac.

Mac avait saisi l'autre arme. D'un air déterminé, il montra l'un des coins. Les trois hommes obéirent.

Puis Mac ferma la porte et lui barra la porte.

« Écoute, cochon.

Clay regardait directement le shérif.

"Cela va leur coûter la corde", a déclaré Hoop.

« Si je te tue, ça ne nous coûtera rien, connard. Et c'est ce que je vais faire.

Un air alarmé apparut dans les yeux de Hoop.

« Vous n'êtes pas sérieux.

"Pas?

Il a levé le fusil.

« Lève-toi. Je vais tirer.

L'alarme s'était transformée en simple terreur.

"Tu ne peux pas faire ça, écoute...

"Je vais tirer. Je vais le faire à moins que vous ne me disiez qui vous a ordonné de nous arrêter et pourquoi.

— C'était Lane, répondit le shérif sans hésiter. Mais il a dit que c'était sur ordre de M. Amazee.

"Pourquoi?

« Il a dit qu'il voulait que tu sois en prison au moins pendant un certain temps.

"Pourquoi?

« Non, il n'a pas dit ça.

Clay plissa les paupières.

« Je pense... Mac.

"Oui?

« Mac, je pense que je sais ce que ces foutus tueurs voulaient.

Il se tourna violemment vers le shérif et lui donna un coup de poing dans la bouche.

Et vous le savez aussi.

"Non, écoute, je ne...

Le coup suivant de Clay lui a cassé deux dents. Sa bouche se remplit de sang.

— Et puis, dit froidement Clay, je vais te casser les bras. Parle.

Le shérif Hoop lui toucha la bouche. Ses mots sont sortis presque méconnaissables à travers le sang.

«Je pense qu'ils allaient aller au poste.

"Pourquoi?

« Ils n'ont pas dit ça. Mot qu'ils n'ont pas dit. Eux seuls avaient prévu d'aller au poste.

"Mac" dit Clay d'une voix retenue. Mettez-les dans les cellules et couvrez-leur la bouche avec leurs mouchoirs. Attachez-les. Fort, aussi fort que vous le pouvez. Va. Quant à vous, s'il s'est passé quelque chose au poste, nous nous reverrons et vous pourrez commencer à penser aux prières que vous connaissez... si vous en connaissez, salaud.

Dix minutes plus tard, les trois hommes étaient dans les cellules attachés et bâillonnés. Les deux compagnons ouvrirent la porte. La rue était presque vide. Seuls deux ivrognes ont traversé le trottoir en titubant.

Leurs chevaux étaient attachés au bar. Ils ont roulé. "Allez," dit Clay. Cours, Mac. J'ai peur.

"Moi aussi" répondit l'Ecossais à voix basse, "Moi aussi.

Éperonnés, les chevaux se mirent à galoper.

* * *

La lanterne à huile brillait au-dessus de la porte du poste. Une silhouette solitaire était affalée sur les marches en bois.

Ils descendirent de cheval et Clay courut vers l'homme. Il était l'un des péons mexicains et il était blessé ou mort.

Clay sauta sur son corps et entra dans la grande salle, Vide, mais... dans quel état. La grande table renversée, les chaises au sol et un chaudron avec de la nourriture éparpillés à l'entrée de la cuisine.

"Sortie!

Clay avait crié en courant vers les escaliers.

"Ne bouge pas", dit une voix. Ne bouge pas ou par Dieu je l'ai tué.

"Sortie!

Clay s'était arrêté au premier palier. En haut de l'escalier, un fusil se déplaçait dans la lumière indécise d'une lanterne accrochée au mur.

Mac était entré à son tour. Il s'arrêta au milieu de la pièce.

"Toi...

La femme descendit une marche. Le fusil tremblait légèrement dans ses mains.

« Sally, que s'est-il passé ?

La femme entra dans le cône de lumière de la lanterne. Ses cheveux blonds pendaient et couvraient une partie de son visage. Mais il ne cachait pas le léger filet de sang qui tachait son front et une partie de sa joue.

"Vous..." répéta-t-il.

Clay a franchi les étapes deux par deux, suivi de Mac. Il ramassa le fusil et le lui prit des mains.

Sally se laissa tomber sur l'une des marches et prit son visage dans ses mains.

« Je pensais... que c'était encore eux.

"Es-tu blessé?

"Moi? Je pense que c'est...

Il toucha son front avec sa main et le regarda.

« Ce n'est rien... je pense.

Clay décrocha la lanterne et la tint près du visage de la femme. Il ferma les yeux.

Clay examina rapidement la plaie. Juste une coupure.

« Y a-t-il quelque chose de plus que cela ?

« Je... non, je ne pense pas, même si... ils m'ont battu.

Il ouvrit les yeux.

« Ces satanés salauds m'ont battu.

« Sally, lève-toi.

"Pourquoi...?

« Je veux savoir s'ils lui ont fait autre chose.

« Non, frappe-moi juste. Ils m'ont frappé avec une sangle dans le dos.

Clay le retourna. Sa robe était déchirée. On pouvait voir les rayures rougeâtres des coups s'entrecroiser.

"Quelqu'un va payer pour ça," dit Mac pensivement.

— Et... ils ont pris l'Indien, dit-elle de la même voix incolore.

"Où ?

"Je ne sais pas. Ils ne me l'ont pas dit. Seulement ils l'ont emmenée.

Il s'appuya contre la balustrade.

« Est-ce que quelqu'un va payer, Mac ? Qui vous le fera payer ?

"Sally, écoute...

« Qui, putain ? Qui va vous le faire payer ?

Sa voix était devenue un grincement. Clay la gifla deux fois. Elle ouvrit de grands yeux et soudain elle se mit à pleurer.

« Mac, fais ton lit. Je vais l'emmener.

Il la prit dans ses bras et, guidés par Mac, ils atteignirent la chambre. Il la laissa sur le lit.

« Sally, tu m'entends ?

"Oui bien sûr. Je suis désolé. Il a dû crier.

"Je sais. Ne t'inquiète pas. Mais je ne veux pas d'hystérie maintenant. Sally, qui a fait ça ?

"Lane. Le contremaître de...

— Je le connais, coupa sèchement Clay. Je sais qui est ce foutu cochon.

« C'était lui et quatre de ses hommes.

Il fixait Clay.

"Désolé, Clay. Ils sont venus soudainement et ont battu mes garçons. Puis ils sont entrés dans le poste et ont effrayé les chevaux. Je ne sais même pas si je pourrai les réunir à nouveau.

Il pinça les lèvres. Clay nettoyait la blessure sur son front.

« Lane m'a dit que cela arriverait à tous ceux qui aident les foutus Indiens. C'était ses mots. Et qu'ils allaient lui donner une leçon. Quand j'ai essayé de les arrêter, ils m'ont battu.

« Qui ? Voie ?

"Oui. Il m'a tenu par deux d'entre eux puis m'a frappé avec sa ceinture.

« Sally, le fils d'Amazee était-il parmi eux ?

"Je ne l'ai pas vu, Clay. Je ne l'ai pas vu.

« La blessure n'est rien. Je vais regarder dans la chambre indienne. Mac, donne de l'alcool à Sally.

Il revint au bout d'un moment. Son visage était d'une pâleur mortelle.

« Ils ont dû lui faire du mal. Il y a du sang sur les draps.

Soudain, Mac sembla devenir fou. Il ramassa son chapeau et le jeta par terre. Un lointain ancêtre celtique semblait sortir de lui. Clay ne l'avait jamais vu comme ça pendant leur temps ensemble.

« Je les tuerai, par Dieu au ciel ! Je jure que je vais tuer tous les putains de fils de pute et que Dieu les condamne en enfer !

"Mac.

"Je jure!

Clay le prit par le bras. Il serra fort.

« Mac, ça suffit déjà. Je pense la même chose que toi. Mais arrête, bordel ! Ce n'est pas le moment de jurer, mais d'agir. Ferme-la maintenant!

Il se tourna vers Sally.

« Où auraient-ils pu mener l'Inde ?

Sally haussa les épaules.

"Je ne sais pas.

Mac tremblait toujours. Il ouvrit les yeux.

"Quelqu'un le sait peut-être.

"Qui?

"Les Indiens.

« Il faudrait d'abord les trouver, Mac. Cela ne nous sert à rien. Mais si on ne sait pas où ils l'ont emmenée, au moins on sait où trouver Lane. Sally, prépare-toi. Allons-y.

« Je ne peux pas quitter le poste. Dans la matinée, le courrier arrivera pour changer de plan. Je ne peux pas.

Clay y réfléchit un instant.

« Juste comme ça, nous ne pouvons pas bouger au milieu de la nuit. Voyons ce qui est arrivé aux pions.

Ils sont descendus. L'homme à la porte avait repris connaissance.

« C'était quand tout ça ? demanda Clay. Quand c'est arrivé ?

— Il y a environ une demi-heure, Clay. Peut-être un peu plus.

« Ils ont pu courir beaucoup pendant cette période. Comment vas-tu?

L'homme s'assit. Il avait une blessure à la tête.

"Je ne sais pas. Ça fait mal.

"Entre dans.

Ils arrivèrent au hangar où dormaient les péons. Il n'y en avait que deux, attachés aux lits superposés et avec des signes d'avoir également été battus.

Quand il a eu tout le monde dans le salon, pendant que Mac leur a donné du café et du whisky, Clay a demandé :

"Est-ce que l'un d'entre vous sait suivre les traces ?

L'un d'eux hocha la tête en buvant.

"Moi, monsieur.

« Demain, nous devrons peut-être vous utiliser.

L'homme a nié.

« Je suis désolé, madame, mais... nous partons.

"Tu ne peux pas le faire" répondit Sally les lèvres serrées. Tu ne peux pas me laisser comme ça maintenant.

« Ils nous ont dit que la prochaine fois qu'ils reviendraient, ils nous tueraient, madame. Nous ne restons pas. Personne ne les dérangera s'ils tuent des gens comme nous.

"Ils ont raison", a déclaré Clay. Il n'y a pas de loi qui les protège.

"À ce moment-là, ils auront déchaîné le shérif", a déclaré Mac. Sally le regarda avec étonnement.

Clay le lui expliqua en quelques mots.

« Mais... dans ce cas, en ce moment, vous êtes en dehors de la loi.

Mais était-ce même ici ?

Il a frappé fort sur la table.

« Sally, nous n'allons plus nous disputer. Lorsque le courrier arrive, laissez-le le gérer comme il le peut.

"Je ne peux pas faire ça.

« On verra ça demain matin. Pendant ce temps, nous allons nous reposer. Mac, ferme bien la porte. Attrape ça. Nous nous reposerons jusqu'à ce que la lumière vienne. Nous ne pouvons tout simplement pas faire autrement.

Il prit Sally par le bras.

"Allez, ne vous inquiétez pas. Allez.

"Ne m'inquiète pas...?

« Maintenant, non » répéta-t-il fermement. Allons dans sa chambre.

Il la conduisit à lui. A la porte, il la prit par les épaules.

"Je suis désolé pour tout cela. C'était de notre faute, mais nous ne savions pas quoi faire avec cette pauvre créature.

« Je leur ai dit de l'emmener... Oh, je ne pense pas à ce que ces bêtes ont fait ici. Je pense à elle.

"Je sais. Mais je vais te dire une chose, Sally : ce n'est pas fini. Mac l'a dit en criant et je l'ai dit doucement. Ils s'en souviendront toute leur vie.

Elle prit une profonde inspiration. Sous sa robe déchirée, sa poitrine se soulevait sensiblement. Il y a des moments où le poids des circonstances extérieures agit sur vous et agit pour vous. Clay se pencha sur elle, passa ses bras autour d'elle et pressa ses lèvres contre les siennes. Elle n'essaya même pas de résister. Il a répondu à l'étreinte et au baiser.

Quand ils se séparèrent, ils se regardèrent droit dans les yeux.

Allez dormir, Sally.

* * *

Le soleil s'est levé rouge à l'horizon. Très rouge, presque sanglant.

Mac le regarda avec les yeux de l'homme qui a vécu toute sa vie à la campagne.

« Il y aura bientôt une tempête », a-t-il déclaré. Avant midi.

De son coté. De l'argile, à moitié nue, lavée à l'auge.

Les trois péons ont sorti la tête.

« Nous partons », ont-ils dit.

"Va.

"NOUS...

"Va-t'en.

Ils s'éloignèrent.

"Regarde" dit Mac.

Il y avait un groupe de chevaux de l'autre côté de la clôture. Sally apparut à ce moment à la porte.

« La nourriture... Oh !

Il avait vu les chevaux.

« Allons les chercher. Ils ne seront pas très reposés quand le courrier arrivera, mais... c'est la seule chose qu'il y aura.

« Allez, Sally, on va t'aider.

Ils ramassèrent les chevaux et les placèrent dans les stalles. Mac les a nettoyés rapidement. C'est au moment où il partait qu'ils virent la tête sur la clôture.

"Ils sont là," dit Sally fermement à voix basse. Regardez-les, ils sont là.

Ils étaient maintenant deux têtes. Chacune d'elles portait une plume de dinde au milieu de ses cheveux noirs tressés.

« Mac, dis-leur d'entrer.

Mac éleva la voix et dit quelque chose. Les deux Indiens ont sauté par-dessus la clôture et se sont approchés d'eux.

Leurs corps étaient pleins de poussière. Les visages peints en noir. Les yeux larmoyants.

« Mac, dis-leur ce qui s'est passé.

Mac a parlé pendant quelques secondes. Les deux Indiens se regardèrent. Puis l'un d'eux a sorti son tomahawk et l'a tenu en l'air tout en chantant quelque chose.

"Ça dit quoi?

"Je ne sais pas. Cela ressemble à un sort, mais je ne le comprends pas. Peut-être...

Il a parlé à l'Indien. Il ne sembla pas l'entendre, mais quand Mac eut fini, il répondit :

« Il dit qu'ils suivront ces hommes et les tueront.

"Non, dites-lui non. Dites-leur simplement de nous dire où ils peuvent être. Demandez-leur de chercher leurs empreintes et faites-nous savoir s'ils trouvent quelque chose.

— Clay, tu ne comprends pas. Ils doivent se venger. C'est leur loi, comme nous avons la nôtre.

« Parlez-leur au moins.

— Ils doivent se venger, Clay.

« D'accord, mais dites-leur de chercher les empreintes.

Mac leur a parlé. L'un des Indiens disparut vers la porte et commença à fouiller le sol. Puis il cria quelque chose.

— Ils les ont trouvés, Clay. Je pense qu'ils les ont trouvés.

Clay et Sally se dirigèrent vers eux. L'un des Indiens montrait l'horizon du doigt. Vers les montagnes.

"Je comprends", dit Clay Bester en serrant les dents. Comprendre. Ils veulent se débarrasser des preuves. Dieu, quelqu'un va payer pour cela avec du sang et de la chair.

« Qu'est-ce que tu vas faire ? demanda Sally.

Clay la regarda.

« Tu ne peux pas rester ici, Sally, du moins pas seule. Et je veux suivre ces individus. Emmenez Mac en ville.

"Attends un peu, Clay," dit Mac. Sally ne sera pas plus en sécurité en ville qu'ici. Souvenez-vous du shérif. Il est vendu à LA. Ils trouveront un moyen de... la pousser. Vous pouvez même être en danger.

"Attendez 'tous les deux'" dit Sally, le visage rouge de colère. Vous parlez comme si je n'étais pas devant vous ou que je ne disais pas ce que je veux. Je dirige le poste depuis la mort de mon père et je ne vais pas le quitter. Ça me nourrit et j'aime ça.

Clay la regarda.

"Écoutez. Si le poste n'est pas occupé parce que vous avez été attaqué, quelqu'un devra faire quelque chose, n'est-ce pas? Les choses vont s'emmêler, il y aura des protestations, il y aura des problèmes sur la ligne.

Mac ouvrit la bouche.

« Bon sang, c'est une idée.

"Mais..." Sally resta pensif pendant un moment. « Oui, l'Outre-mer va devoir faire quelque chose. Les inspecteurs viennent ici tous les mois et certains deux fois par mois. Oui c'est correct.

« Vous n'avez plus de pions. Vous ne pouvez pas faire autrement. Laissez les Overseas réclamer LA pour une partie. Et nous allons le réclamer pour l'autre.

Il s'étendit en regardant les Indiens qui discutaient en groupe.

« Mac, demande-leur ce qu'ils vont faire.

Mac obéit. Il se tourna vers Clay.

« Ils disent qu'ils les suivront jusqu'à ce qu'ils les trouvent.

« Mac, je vais aller avec eux. Vous restez avec Sally et si quelqu'un vient... faites-lui tirer dessus. Vous avez compris ?

"Mais tu ne t'entends pas avec les rouges...

"Peu importe. Faites ce que je dis. Dites-leur que je vais avec eux.

CHAPITRE VII

Toute la matinée, Sally et Mac ont été très occupés à essayer de calmer les voyageurs postaux. Il a finalement pu sortir, mais Sally a dit au postillon d'avertir l'inspecteur d'outre-mer à Tucson qu'il n'y avait pas de travailleurs parce que le poste avait été volé et les employés avaient été licenciés.

Puis ils attendirent. Mac, fusil à la main, s'était accroupi sur le toit de la maison.

A trois heures de l'après-midi, ils virent la silhouette solitaire s'approcher de l'enjambée du cheval.

"Sally" dit Mac. C'est de l'argile.

La fille ouvrit la porte et traversa la cour. A l'entrée, il attendit.

Clay s'approcha d'elle. Sa tête était baissée sur sa poitrine. Ce n'est que lorsqu'il fut à côté de la fille qu'il leva les yeux.

"Et..." dit Sally.

« Mort » fut la réponse.

Sally leva lentement la main vers son visage.

« Mort ? Avez-vous... ?

"Un tir.

"Ça arrive. Tu vas avoir faim.

"Pas.

« Mais il faut manger. Allez, je t'ai préparé quelque chose.

Clay mit pied à terre et frappa le cheval sur la croupe.

Mac était descendu. Un seul coup d'œil au visage de Clay lui fit fermer la bouche, qu'il avait déjà ouverte pour demander :

Clay s'assit à table. Sally posa une assiette devant lui.

"Je n'ai pas...

"Manger.

Clay se mit à manger en silence. Les deux autres attendaient.

"Merde," dit soudain le docteur. Malédiction.

"Crie," lui conseilla Mac.

« Ce n'est pas nécessaire, Mac. Je me retiens et je peux le faire.

Il leva les yeux.

«Ils lui ont tiré dans la poitrine et l'ont laissée sur une pierre, Ainsi, si simplement une jeune vie s'éteint.

Il fouilla dans la poche de sa veste et en sortit quelque chose qu'il garda caché dans son poing.

Sally avait la tête baissée. Mac marmonnait dans sa barbe comme s'il priait ou jurait.

Clay se leva.

Puis il ouvrit la main et posa quelque chose sur la table.

C'était un morceau de plomb aplati à l'extrémité. Une balle.

"C'est elle qui l'a tuée", a-t-il déclaré. Et avec elle... Sally, tu as quelque chose à boire ?

"Oui.

Il a servi.

Et les indiens ? demanda Mac.

« Ils ont pris le corps. Je ne sais pas ce qu'ils vont faire. J'aurais aimé que tu sois là, Mac, mais tu n'y es pas vraiment obligé. Maintenant je sais ce que je vais faire. Puis-je m'allonger un moment ?

"Venir.

Sally le conduisit dans l'une des pièces. Clay se jeta sur le lit sans même retirer ses bottes.

« Dites à Mac si quelqu'un vient me réveiller. Je veux dormir jusqu'à la nuit.

Sally le dévisagea. Puis, le voyant fermer les yeux, elle se dirigea vers la porte. Une fois dedans, il se retourna à nouveau.

* * *

Clay descendit alors qu'il faisait déjà nuit. Il sortit dans le patio et se roula une cigarette. Une ombre apparut à côté de lui.

« Qu'est-ce que tu vas faire, Clay ?

« Trouvez l'homme qui l'a fait. Il y a quelque chose que le vieil Indien a dit, le père de la fille. Tu te souviens?

"Non. Je pense que non...

"Un mouchoir, Sally. Une écharpe jaune. Quelqu'un en a un et c'est quelqu'un qui l'a fait.

"Comprenez. Et plus tard...

"Je ne sais pas.

Il passa un bras autour des épaules de la femme.

« Sally, je suis désolé pour tout ce qui t'est arrivé à cause de nous.

"Oh, laisse tomber.

Ils étaient très proches. Le fort parfum de la sauge en fleurs s'élevait de la prairie.

Elle leva le visage. Clay se pencha et l'embrassa.

* * *

La lumière de l'aube ruisselait déjà par la fenêtre. Dehors, ils entendirent les pas lourds de Mac.

« Qu'est-ce que tu fais ici ? demanda-t-elle à voix basse. Pourquoi un homme comme toi est-il ici, à courir après un fantôme d'or en compagnie de ce vieux voyou ? Ou... peut-être que je ne devrais pas demander... quoi que ce soit ?

"Maintenant oui. Vous pouvez demander. Je suis venu de l'Est en essayant d'oublier quelque chose qui s'est passé là-bas.

« Quelque chose ou quelqu'un ?

"Quelqu'un.

"Une femme?

Elle regarda. Puis un lent sourire apparut sur ses lèvres.

"Non, un enfant. Mon frère. Il est tombé malade et je voulais m'occuper de lui. Je ne voulais pas qu'il aille à l'hôpital. Certains collègues m'ont dit que je ne pouvais pas le sauver tout seul. J'ai essayé et ... il est mort.

"Je m'excuse.

« Ils m'ont dit que je n'étais pas à blâmer, mais... la prochaine fois qu'un enfant a été amené dans mon bureau, j'ai compris que je ne pouvais rien faire pour lui. Je ne pouvais pas. C'était au-dessus de mes forces. Chaque fois que je le regardais, le visage de mon frère s'interposait entre lui et moi.

Il s'arrêta.

"Et c'est tout.

Elle respirait bruyamment.

« Je suis désolé. Mais avez-vous décidé de quitter votre profession ?

« J'avais décidé jusqu'à ce que je voie cette pauvre fille. Alors je ne sais pas. Je ne sais pas, tu comprends ?

"Oui" murmura-t-elle. Et maintenant, je pense que nous devrions nous lever. Mac doit se demander où nous sommes.

« Demandez-lui... s'il le fait.

Mac les attendait près de la porte. Les œufs et le jambon avaient déjà été frits et l'odeur imprégnait la pièce.

Il ne les a même pas regardés. Il a juste mis la vaisselle devant eux. Clay sourit.

"Bien," dit Mac en s'asseyant. Que penses-tu faire ?

« Tout d'abord, es-tu toujours avec moi ?

Mac a attaqué sa nourriture.

« Je ne dis pas les choses plus d'une fois. Je te l'ai déjà dit. Mais je vais vous apporter une précision : l'or existe. Il nous attend. Cette fois, je ne me trompe pas, Sally, ne me regarde pas comme ça.

"Ça peut attendre," dit Clay.

"Comme tu veux. Nous sommes partenaires. Je voulais juste te le préciser. Et maintenant... tu parles.

« Écoutez, tous les deux. Je vais chercher l'homme blond qui porte un foulard jaune autour du cou. Toi et moi, Mac, on sait où c'est. Au ranch de LA Alors on va le chercher là-bas. Et quand je le trouverai, je vais l'appeler le fils de très grosse pute et je vais le tuer.

« Pardonne. Vous n'allez pas le tuer avant que je lui ai dit quelques mots.

« Cela n'a pas d'importance. Tôt ou tard... je vais le tuer.

« Un médecin sauve des vies, il ne les tue pas » dit soudain Sally.

« Eh bien devant vous, vous en avez un qui va mettre fin à au moins une vie.

La réponse avait été donnée sur un ton brutal. Sally ouvrit la bouche et la referma.

"Une vie de bavardage ne s'arrête pas," dit Mac en le grondant.

« Je sais. Et donc...

Dehors, il y eut un braiment.

"C'est l'un de nos ânes," dit Mac en se levant. Quelqu'un arrive.

Il alla à la porte et l'ouvrit, mais sans vraiment jeter un coup d'œil.

"Oui" dit-il. Quelqu'un arrive. Clay, allez.

Clay s'approcha de lui.

Tout près de la clôture du poste, il y avait un groupe d'hommes.

Le visage de Clay était mortellement sérieux quand il a sorti le revolver.

"Attendez," dit lentement Mac. Je monte avec le fusil. Et tu ferais mieux de fermer la porte et d'attendre à l'intérieur. Croyez-le ou non, il y a Tob Amazee et plusieurs de ses hommes.

Il ramassa le fusil et se dirigea vers les escaliers.

Les hommes avaient atteint la porte-fenêtre, l'entrée de la scène.

Devant, il y avait un homme vêtu d'un gilet de fantaisie chevauchant un cheval blanc à longue crinière.

« Sally ! cria-t-il en tirant sur les rênes.

— Ne réponds pas, ordonna Clay.

Sally ne répondit pas. Il s'était approché du mur et avait décroché l'un des fusils.

« Sally, nous savons que vous êtes là ! Le sel!

La jeune femme tendit le fusil à Clay. Puis il en prit un autre pour elle.

« Ne veux-tu pas sortir ? Eh bien, nous entrerons. Je veux te parler.

Clay vérifia que le fusil était chargé. C'était un "Winchester" et avait l'air en très bon état. Il attendit encore presque une minute. Mac doit avoir atteint le toit et sortir par la trappe.

Puis il ouvrit la porte et se tint dans l'embrasure de la porte, les jambes écartées, le fusil à la main. Le bras, plié.

« Oui ? » je demande.

Tob Amazee a mis sa main sur sa tête et a légèrement soulevé son chapeau haut de forme plat.

« Toi, matasanos ?

Clay ne répondit pas. La pointe du fusil était légèrement relevée.

Qu'est-ce que tu fous ici ?

Clay ne répondit pas. J'esperais.

« Tu ne veux pas répondre ? Eh bien, j'entre.

Clay ne répondit pas.

« Allez, réponds ! J'entre.

"Entre, Tob" dit Sally derrière Clay. Qu'est-ce que tu attends?

"Attendez une minute" dit Clay. Lane est avec toi, Amazee ?

« Non, tuez-nous.

— Eh bien, entre, cochon.

Il y eut un silence.

« Qu'avez-vous dit ? demanda Tob d'une voix blanche.

— J'ai dit entre, cochon. Tu penses que je suis un escroc. Je pense que tu es un cochon et un voyou, et d'autres choses que je garde silencieuses parce qu'il y a une dame devant toi. Entre maintenant, petit homme. Je l'ai touché une fois. Apparemment, il n'en a pas assez et revient pour plus. À votre goût. J'ai rencontré des hommes qui aiment être battus. Entre, cochon, petit.

L'un des hommes a parlé.

« Ignorez-le, Tob. Cela vous met au défi. Il y a un homme sur le toit et il a un fusil.

Tob leva la tête.

« À quoi vous attendiez-vous ? demanda Clay. Retrouver une femme seule et des pions effrayés ? Allez, rentre tout de suite, connard !

"Toi," dit lentement Tob, "tu es déjà mort, mec."

« Un mort ne l'aurait pas cloué là, stupide. Et maintenant, soit ils entrent, soit ils repartent comme ils sont venus. Mais si vous voulez revoir Sally après l'avoir frappée avec une laisse, entrez.

« Je n'ai pas touché Sally.

« Ses hommes... eh bien, ces cochons l'ont fait. Ce n'est pas grave.

Puis soudain, il cria :

« Allez, entrez tout de suite, sale lâche, salaud ! Son vieux l'aurait déjà fait.

"J'entre. Et tu ne vas pas...

« Ne menace pas, cochon ! Passer à l'action! Entre.

L'un des hommes derrière Tob abaissa sa main sur sa jambe. Le fusil a été levé à nouveau.

« Vous l'avez voulu.

Et tiré. La balle est passée entre les oreilles du cheval et a atteint l'homme à la poitrine.

Il tomba au sol, perché. La voix de Mac était parfaitement entendue d'en haut.

« Je les ai couverts, Clay.

Clay sourit. De la fumée s'élevait dans l'air immobile.

« Tob, tu entres ou pas ? Mais s'il n'entre pas maintenant, je dirai partout qu'il est assez homme pour frapper une femme, mais pas assez pour tenir tête à quelqu'un en pantalon.

Tob mit lentement pied à terre. Son visage était pâle.

« Dites à vos hommes de rester immobiles, Tob. Vous êtes couvert par deux fusils.

"C'est ce que ça vaut.

« Attends et tu le sauras bientôt, Tob. Nous l'attendons.

Tob ne pouvait pas faire autrement. Il se dirigea vers la maison, traversa la grande cour.

Clay s'écarta, un sourire en coin aux lèvres.

« À l'intérieur, Tob, coq solitaire. Allons à l'intérieur.

Tob la dépassa. Livide, les dents serrées.

« Mac ! Si l'un d'entre eux fait le moindre mouvement, tirez. Tuez ces satanés chiens jaunes !

"Vous" dit Tob.

« Allez, arrête les bêtises. Passer d'un coup.

Des voix se sont fait entendre à l'extérieur.

« Ils ne te feront aucun bien, Tob. Ils sont bien couverts. Et maintenant...

Sally se tenait près de la table. Il avait aussi le fusil à la main.

« Est-il vrai que vous avez été battue, Sally ? Demanda le garçon.

"Voulez-vous voir les signes?

"Je ne l'ai pas fait.

« Votre petit ami Lane l'a fait.

— Le même, dit lentement Clay, qui a tué l'Indienne. Ou du moins quelqu'un l'a fait sur ses ordres, Tob. Toujours en suivant tes ordres.

Tob se tourna vers lui.

« Que dit-il de l'Inde ?

« Ah, mais tu ne sais pas ? Enlève ton revolver, Amazee. Jette-le par terre.

"Personne ne m'ordonne, ne tue...

Clay leva le fusil et le porta à sa gorge. Il a poussé fort et la tête du garçon a reculé. Il recula et trébucha sur une chaise.

"Tais-toi, cochon," dit Clay d'une voix basse et tendue. Tais-toi et ne répète plus ce mot. Vous l'avez déjà porté.

Il a déposé le fusil et a frappé l'autre au visage sur la bouche.

Tob grogna et tendit la main vers le revolver.

Sally ne se souvenait pas d'avoir rien vu de tel. C'était comme si un typhon s'était soudainement abattu sur le garçon.

Clay l'a frappé au ventre, au visage et aux oreilles. Une série complète qui a renversé l'autre comme une bûche au milieu de la pièce.

Alors Clay se pencha sur lui, le désarma et le tira sur ses pieds, le tenant par le col de sa chemise.

« J'ai une balle en réserve pour toi » dit-il en approchant son visage du sien. La même balle qui a tué l'Indienne. Je le garde pour le coller dans le coeur du salaud qui l'a fait. Et maintenant...

Un coup de feu a éclaté au-dessus.

"Autre ! Hurla Mac. Allez, espèce de dégoûtant, bouge encore !

Tob ouvrit les yeux.

« Je n'ai tué aucun Indien.

« Vous l'avez violée.

"Je n'ai pas fait ça.

"Donc qui?

"Je ne sais pas. Et si tu prends ton revolver...

« Et toi le tien ? Amazee, ne me fais pas rire. Pourquoi est-ce que je veux un revolver quand je l'ai sur mes genoux ? Et maintenant, bâtard, qui a fait ça à la femme indienne ?

"Je ne sais pas.

« N'était-ce pas vous ? Ou avez-vous peur de le dire ? Il y a des choses qui se font, mais qui ne se discutent pas, sauf dans un bar et entre amis, non ?

"Je n'y suis pas arrivé.

Clay serra la bouche.

« Sally, es-tu forte ?

— Je le suis, Clay.

« Je vais mettre la pression sur ce brave coq. Je vais l'étaler sur cette table et utiliser avec elle certains des instruments que nous, les matasanos, utilisons. As-tu entendu parler des scalpels, voyou ?

Ça l'a touché à la bouche.

« Réponds quand je te parle. J'en ai pas entendu parler ? Ce sont des couteaux aussi tranchants que ceux dont se servent les Indiens pour scalper. Bien plus encore. Ils servent à opérer. jusqu'à ce que la chair soit exposée. Et tout cela sans te tuer. Tu veux ?

"La sixième balle" dit soudain Sally ". La sixième balle qui a tué Lowrie Bliss. Tu te souviens d'elle, Tob?

Une nouvelle expression apparut dans les yeux du garçon. Clay ne pouvait pas se tromper sur sa signification. C'était la peur, la vraie peur.

"Sally, je n'ai pas tué Lowrie...

Le poing de Clay s'abattit sur son menton.

Tob tomba au sol, les yeux roulants. Carabine à la main, Clay se pencha vers la porte.

"Vous, les gars.

Il restait trois hommes. Les trois, immobiles, sur leurs chevaux, à la porte du patio.

« Et enlevez vos chapeaux.

Les trois hommes hurlèrent en même temps. Un cow-boy peut aller complètement nu, mais il gardera ses bottes et son chapeau.

« Et déposez vos armes sur le sol ! Allez sur Mac, s'ils ne le font pas, commencez à filmer !

Lentement, grognant jurons et jurons, les trois hommes se mirent à obéir. Un instant plus tard, les armes étaient au sol.

« Enlevez-les !

Ils l'ont fait. Ils savaient quand ils ne devaient pas désobéir. Il y avait un fusil pointé sur eux et leur patron était à l'intérieur de la maison et en la possession de Clay. Ils n'avaient pas d'autre choix que de le faire.

Clay sortit, ramassa les armes et les rapporta dans la maison. Le garçon commençait à reprendre conscience.

CHAPITRE VIII

Clay l'attrapa par les revers, le souleva et le conduisit à la table. Sally, d'un mouvement rapide, balaya tout ce qui se trouvait sur elle.

Tob les regarda alternativement. Ce qu'il a vu dans les yeux des autres l'a galvanisé.

« Vous ne pouvez pas me crucifier. Ils ne peuvent pas!

« Non ? Tu vas le voir, sale voyou. Maintenant, tu n'as plus de papa pour te défendre, hein ? T'as perdu tes tripes ?

« Je ne les ai pas perdus. Mais je n'ai pas fait ce que vous dites que j'ai fait.

Il essayait de parler calmement, mais la peur était évidente dans ses yeux. Il déglutit fréquemment et son teint était jaunâtre.

« Quelqu'un les a fabriqués pour vous ou en exécutant vos ordres. Où est Lane ?

"Je ne sais pas. Parole que je ne sais pas. Il a agi de son propre chef.

"Vous avez tué Lowrie par derrière", a déclaré Sally.

"Ce n'est pas vrai, Lowrie m'a tourné le dos...

« Tu mens, cochon. Vas-y, Clay, pourquoi tu ne...?

« Réponds une fois pour toutes, cochon. Mais je ne veux plus d'évasions. Répond. C'est toi qui a fait ça avec la femme indienne ?

"Pas.

La réponse était rapidement sortie de sa bouche, mais elle avait quitté Clay des yeux lorsqu'elle avait répondu, et Bester l'avait remarquée.

"Tu es allé.

"Non. C'était Lane.

Et vous le saviez. Étiez-vous là

"Non. Lane me l'a dit plus tard. On a dit que c'était lui.

"Au moins" dit Clay, je sais que c'est lui qui l'a emmenée d'ici et qui l'a tuée. Où est ton écharpe jaune ?

« Je n'en ai pas... Hé, docteur, Lane en a un. Mot. A-t-il. Je l'ai vu plusieurs fois.

« C'était donc Lane.

« Je... lui ai dit qu'il avait mal agi.

Clay le frappa à nouveau avec un visage dégoûté.

« Et surtout, lâche. Et c'était le surhomme dont tout le monde m'a parlé ?

« Je le vois et j'ai envie de redonner.

« Qu'est-ce que tu vas faire de moi ? demanda Tob.

Clay se tourna vers lui.

« Vous le verrez tout de suite.

Il lui a retiré sa ceinture et lui a attaché les mains derrière le dos. Il serrait bien, voulant faire mal.

Puis il l'a sorti dans la cour.

"Hommes!

Les trois attendaient, la tête en l'air au milieu de la cour.

« Tob, tu vas bien ? demanda l'un d'eux.

"Au moins, il est vivant," répondit Clay.

"Quand M. Amazee verra ce qu'il a fait avec son fils, vous ne saurez pas où aller" a répondu le même homme.

« Attends de savoir ce que je vais faire.

« Vous ne penserez pas à me tuer, doc.

« Je vais lui mettre une arme à la main et en prendre une autre. Et que celui qui tue l'autre gagne plus tôt.

Les yeux de Tob laissent passer une petite flamme bleutée. L'espoir lui revint.

« Vous pensez que vous êtes très bon avec les armes, n'est-ce pas ?

Tob ne répondit pas. Il ne voulait pas perdre l'avantage qu'il s'imaginait obtenir. Il ne voulait pas irriter ce démon.

"Mais avant...

Il se tourna vers les trois hommes restants.

« L'un de vous va chercher M. Amazee et lui dire que j'ai son chiot en ma possession. Et si tu veux le récupérer, tu devras me remettre à Lane.

Tob déglutit à nouveau.

« Hé, écoute, je pense que nous pouvons mieux résoudre ce problème...

Nonchalamment, Clay le frappa à la bouche. Du sang jaillit à nouveau des lèvres du jeune homme.

« Parle quand je le permets, poussin. Allez, tirez au sort parmi vous qui ira avec cette ambassade dans le vieux LA. Et j'espère qu'ils ne font pas comme les rois de l'Est : ils ont tué les porteurs de mauvaises nouvelles.

Il se retourna vers la maison.

"Mac, descends. Tu dois faire quelque chose ici.

Quand l'autre est arrivé dans le patio :

« Attachez ces gars et mettez-les à l'intérieur de la maison. Attachez-les tous ensemble. Et bien.

« Ne t'inquiète pas, mon garçon, je sais faire quelques nœuds qui ne se dénoueront pas.

« Eh bien... faisons-le !

Il passa son bras autour de l'épaule de Sally. Elle leva la tête vers lui.

"Tu es... un démon" dit-il avec une certaine peur. Un vrai démon.

"Ne t'en fais pas. Je ne le suis pas toujours.

Les hommes ont été ligotés en groupe au bout d'un moment. Un seul d'entre eux était exempt de ligatures. Clay lui fit face.

« Et maintenant, va voir ton maître et raconte-lui ce qui s'est passé. C'est ici votre fils. Et s'il fait semblant... regardez bien ce que je dis : s'il veut quelque chose contre nous, son fils mourra.

"Oui" dit l'homme en avalant difficilement.

« Eh bien... cours, bordel ! Courez et ne vous arrêtez pas.

L'homme obéit.

L'inspecteur d'outre-mer est arrivé à deux heures de l'après-midi monté sur un cheval. Sally l'attendait à la porte du poste.

« Sally, qu'est-ce que c'est... ?

Entrez, Hough. Je vais te dire.

L'inspecteur était un homme aux cheveux gris mais pas vieux.

Il regarda les prisonniers attachés dans un coin. Il haussa un sourcil.

« Sally, ceux... ? L'un d'eux n'est-il pas le fils du vieil Amazee ?

"La même chose. Asseyez-vous. Je vais vous préparer quelque chose à manger.

« Vous-même ? Et les Chinois ?

« Il est parti comme les autres. Ils ont été battus et moi-même... regardez.

Elle retira son chemisier de son épaule gauche. Hugh fixa les zébrures.

"C'était ça ? Il montra Tob du doigt.

— Votre contremaître, la sale bête de Lane.

« Je pense que je le connais. OK, Sally, il faut faire quelque chose.

Clay et Mac venaient d'apparaître dans les escaliers.

"Hough, ce sont les hommes qui m'ont aidé. Et maintenant laissez-moi vous expliquer.

Hough serra la main des deux hommes. Puis il s'assit. Sally a mis la nourriture dans une assiette et pendant qu'elle la mangeait, elle a tout expliqué.

Quand il eut fini, l'inspecteur hocha la tête.

« Je comprends que tu ne pouvais rien faire d'autre, Sally, mais peut-être que tu n'aurais pas dû admettre la femme indienne au poste.

« C'est ce que vous pensez, monsieur ? dit Clay en serrant les dents.

L'inspecteur leva une main en l'air.

« Attendez une minute, docteur. Je parle du point de vue des Outre-mer. C'est ce qu'ils diront. Veuillez comprendre que ce n'est pas mon opinion personnelle.

« Alors je le comprends.

« Eh bien, maintenant, nous devons voir ce que nous faisons avec le poste. Le prochain voyage est à six heures de l'après-midi, n'est-ce pas ? Vous avez des chevaux ?

"Je les ai eu. Ceux de ces gars qui sont là, en plus de ceux qu'il me reste.

« Les Outre-mer pourraient être accusés de vol de coups de feu.

« Si vous dites dans votre rapport ce qui s'est passé, les gens d'Outre-mer seront très stupides s'ils ne comprennent pas.

« J'ai dit qu'ils pourraient être inculpés, non pas qu'ils ne comprennent pas. Eh bien, qu'ils le fassent ou non, je suis chargé de dire quoi faire en cas d'urgence. Et nous allons utiliser ces chevaux, car c'est une urgence.

Il s'adossa à sa chaise et alluma une cigarette.

« Je me comprendrai avec les mandarins de l'Outre-mer. Et je vais déposer ta plainte, Sally. Contre un certain Lane, non ?

"C'est vrai, Hough. Et trois autres hommes.

« D'accord. Connaissez-vous leurs noms ?

« L'un d'eux s'appelle Tom et un autre s'appelle Spider. Le troisième, je ne le connaissais que de vue. Je ne connais pas leurs noms.

"Déjà.

Il a pris la main de la fille.

"Désolé, ma fille. Mais ne vous inquiétez pas. L'Outre-mer a de longues mains. Et beaucoup de force. Même si votre vie devient impossible ici, nous trouverons un autre endroit pour vous. Vous êtes un bon gestionnaire de poste, et nous ne le sommes pas tellement surchargé de gestionnaires honnêtes.

— Merci, Hugh, mais j'aimerais rester ici.

"Nous pourrons en parler plus tard" dit soudain Clay. Ils se sont tournés vers lui.

« Oui docteur ?

"Nous parlerons plus tard.

«Et en attendant, le prochain voyage viendra. Nous vous assisterons en l'absence de toute autre chose. J'ai déjà dit à Tucson d'envoyer de nouveaux pions. Mais cette fois ce seront des hommes armés, des justiciers de l'entreprise, qui ne se laisseront pas intimider par ces gars-là. Demain, j'irai parler au vieux Amazee.

« Alors ça ? demanda Clay.

"Comment ? Excusez-moi, docteur, je ne comprends pas. Je dois lui parler de ce qui s'est passé ici.

«Pour cela, vous n'aurez pas besoin d'aller au ranch. Amazee viendra ici quand elle découvrira que nous avons emmené son petit garçon.

«Je ne peux pas être immobile pendant que ça vient ou qu'il ne vient pas.

«Ça viendra, ne vous inquiétez pas. Vous ne pouvez pas laisser votre fils ici. Parce que...

Il s'arrêta.

« Il sait que je suis prêt à le tuer s'il ne vient pas.

« Comprenez. Mais je ne peux pas faire des choses comme ça. Les inspecteurs d'Outre-mer ont, en quelque sorte, une position officielle. On peut même faire office d'huissiers de justice assermentés.

— C'est ton truc, Hough. Au lieu de cela, je sais ce que je veux faire.

« Je ne le conseillerais pas, docteur.

« Ne me conseille pas alors.

L'espace d'un instant, l'atmosphère se tendit.

C'est Sally qui a versé de l'huile dans les vagues.

« On peut attendre un peu jusqu'à ce que le voyage arrive, non ? Plus tard, nous parlerons de tout cela.

— D'accord pour moi, dit l'inspecteur. Les hommes qui envoient arriveront ici demain matin. En attendant, nous allons préparer l'accueil pour le prochain voyage.

Le soulagement n'était guère un incident. Le guide a quelque peu protesté contre le fait qu'on lui ait donné des chevaux non de trait, mais quand Hough a expliqué ce qui s'était passé, il s'est tu.

Puis ils se retrouvèrent seuls. Hough a allumé une cigarette.

« Écoutez, docteur. Je suis désolé de ce que je vais vous dire, mais je n'ai pas d'autre choix que de le faire. Les hommes qui viennent en chemin le font pour défendre les intérêts de l'Outre-mer exclusivement.

Clay le regarda sérieusement.

« Je n'ai pas demandé ton aide, Hough. Je pense avoir montré que jusqu'à présent, au moins, je sais comment me débrouiller avec moi-même... enfin, avec Mac.

« Je sais et ce n'est pas ce que je veux dire. Je veux dire en fait, je pense personnellement que tu as bien fait, et Sally a fait de même. Mais je n'ai jamais pu convaincre les mandarins d'Outre-mer que leurs hommes devaient défendre nos vues. Donc si le poste est attaqué, ou Sally, ces hommes prendront les armes.

— Personne ne t'a demandé autre chose, Hough, répéta Clay avec la même intonation. Et si vous pensez que nous sommes sur le chemin de la poste ou que nous pouvons causer des incidents avec notre présence là-bas, nous partirons tout de suite. Tout ce que je voulais en restant, c'était éviter que quelque chose n'arrive à Sally.

« Je vous ai dit que je comprenais, n'est-ce pas ?

Puis il est sorti fumer. Sally se tourna vers Clay.

— Tu n'aurais pas dû lui dire ça. Il est l'un des hommes les meilleurs et les plus droits qui soient.

« Je m'en fous de ça maintenant. J'ai l'intention de partir.

« Et... où irez-vous ? Vous cherchez l'or ?

« Non, jusqu'à ce que j'aie terminé ce qui m'a amené ici. Non, jusqu'à ce que j'en ai fini avec ce foutu Amazee et ses sbires. Non, jusqu'à ce que...

Puis il la prit dans ses bras et la serra.

"Comprenez vous ?

« Y... ? » a-t-elle dit. Quand vous aurez terminé, vous partirez, non
?

"Oui.

« Je suppose que... tu ne te soucies pas de moi.

Clay ne répondit pas. Il la regarda juste.

"Oui ou non?

"Tu le sais. Oui.

« Mais tu t'en iras.

"Oui.

"Comprenez. Tout a été... un chapitre. Je pense que ça se passe
comme ça.

Clay a allumé une cigarette.

Viens avec moi, Sally.

"Moi...?

Elle posa sa main sur sa poitrine puis la laissa tomber. Son visage
était pâle.

« Tu veux dire que je vais avec toi comme... ?

Comme ma femme.

Elle se força à sourire.

"Monsieur, tant d'honneur...

"Tais-toi. Ne t'engage pas dans cette voie.

« Comment veux-tu que je réponde ? Tomber dans tes bras ?

"Tu es déjà tombé" fut la réponse. Elle ferma les yeux.

« Clay » dit-il finalement. Il y a d'autres façons de demander à une
femme...

"Je n'ai pas le temps. Viens avec moi.

« Voyons si nous pouvons parler raisonnablement. Pourquoi ne
restes-tu pas ?

« Dans les terres que domine ce vieux chef ? Jamais.

"Clay, je...

« Ne me réponds pas maintenant, veux-tu ? Fais-le quand tout sera
fini.

« Et si c'était vous qui finissiez ?

Clay haussa les épaules. Il n'y avait pas de réponse. Elle croisa et décroisit les bras sur sa poitrine.

« D'accord, demandez-moi alors.

"Je vais le faire. Entre cette femme indienne et vous avez... on pourrait dire que vous avez éveillé le désir de vivre à nouveau en moi. De vivre et de travailler.

— Et l'or, Clay ?

"Oh, l'or. J'aiderai ce bon vieux Mac à le trouver et à l'emporter. Il l'a gagné après tant d'années à combattre la vie pour lui. Je n'en veux pas et j'espère que vous non plus.

« Pour moi... Demande-moi plus tard, Clay. Ou ... laissez tomber l'affaire et allons-y. Vous voyez "il a souri doucement." Je te réponds maintenant.

« Je ne l'abandonnerai pas. Penseriez-vous la même chose de moi si je le faisais ?

"Je ne sais pas, je ne sais pas. Ne me le demande pas. Je veux que tu fasses ce que tu veux faire, pas ce que je veux.

"Puis...

Hough les trouva enlacés. Il toussa discrètement.

« Je pense, dit-il, que les événements approchent.

CHAPITRE IX

On aurait dit que la scène se répétait encore et encore. Lorsque Clay jeta un coup d'œil par la porte, il vit un groupe de cavaliers s'avancer vers le poste. Ils s'arrêtèrent à la porte de la cour des diligences.

Clay les compta rapidement. Il n'y en avait pas moins de quinze.

"Mac.

« Oui, Clay. Je vais sur le toit.

« ?

"Ne vous inquiétez pas, docteur. Je suis là.

« Ils viennent pour nous.

« Laissez-moi parler. Je suis dans ce qu'on pourrait appeler mes propriétés.

« Pour le moment, je contrôle, Hough. Allez-vous m'attaquer par derrière ?

"Non, bien sûr que non. Je veux juste te prévenir que...

« Ouais, les Outre-mer et tout ça. Je le sais déjà. Pour le moment, c'est moi qui donne les ordres ici.

Hough était silencieux. Qu'il soit d'accord ou non, cela importait peu à Clay maintenant.

Alors un homme se sépara du groupe et s'avança dans la grande cour.

Clay jaugea rapidement la situation. Tous les nouveaux venus étaient armés de fusils et les portaient non pas dans leurs bunkers, mais dans leurs mains.

Il reconnaissait parfaitement la haute stature et la masse du cavalier qui venait de se séparer des autres. LA en personne.

Il sourit, juste au moment où le vieil homme haussait la voix.

« Docteur ! Dehors.

Clay s'est présenté à la porte. Le fusil, en main, tenu sous l'aisselle, pointe vers l'avant.

« Tiens, Amazee.

« Est-ce que mon fils est là-dedans ?

"Oui, c'est ici.

"Je veux le voir !

Viens et vois.

« Je ne vais pas tomber dans un piège. Retirez-le. Laisse moi voir ça.

Clay entra dans la maison, prit le garçon et le conduisit à la porte.

« Voilà, Amazee.

Il avait placé le corps de Tob devant lui.

« A-t-il été ligoté ? Mais... Fils, tu vas bien ?

« Réponds, Tob.

"Oui, père. Tu ne peux pas me sortir d'ici ? Ces putains de...

Clay lui enfonça le fusil dans les reins.

"Tais-toi, connard.

« Fils, nous allons te faire sortir maintenant. Vous, docteur.

Clay repoussa Tob et le jeta dans la pièce.

"Quoi de neuf ?

"Lâchez mon fils.

« Amazee, ne t'échauffe pas. Cela pourrait être très mauvais pour vous.

« Laisse ma santé tranquille et... lâche le garçon !

« Tête à tête, Amazee. J'ai besoin de Lane.

"Pourquoi ?

« Vous le savez parfaitement. Et je vais vous dire une chose : le moindre signe que vos hommes veulent faire quelque chose contre nous signifiera la mort de votre fils. Et je ne vais plus polémiquer ! Soit tu me donnes Lane, soit tu ne reverras plus jamais ton fils vivant. As-tu compris? Lane a commis deux crimes, et son fils était au courant. Maintenant, ça ne depent que de toi!

"Docteur, puis-je...

« J'ai dit que je ne voulais plus me disputer ! Donnez-moi Lane ! L'amener sur!

Il y eut un silence. Presque une minute.

« Je ne sais pas où est Lane. Il n'est pas avec moi.

"C'est bon. Je vais tuer le garçon.

"Attendez!

"À quoi?

"J'ai écouté...

Le vieil homme haletait. Cela se voyait dans sa voix. Clay fronça les sourcils.

"J'ai parlé.

« Si je te cède Lane, tu...

« Je te rendrai ton fils. Et Dieu sait que j'aimerais le tuer à mains nues, parce que c'est un cochon, mais je tiendrai ma parole.

"Mais si je n'ai pas Lane...

"Cherchez-le!

Il s'arrêta.

« Vous pouvez le faire. Il a des hommes et il a du pouvoir. Il a toujours abusé des deux. Eh bien... utilisez-les ! Obtenez Lane.

« Docteur, puis-je entrer ?

"De sorte que?

"Parler avec toi.

« Désarme-toi et viens.

Le vieil homme laissa tomber ses armes.

« Dites à vos hommes de ne pas bouger d'où ils sont. Qu'ils ne bougent pas un seul instant... sauf pour chercher Lane.

Le vieil homme se retourna et parla. Clay écoutait. Il répéta ses paroles sans rien ajouter.

Puis Amazee entra.

« Chiot, es-tu... ?

Il se pencha sur son fils.

"Papa" dit le jeune homme, "tu ne peux pas tuer ça...?

"Tais-toi ! Je vais arranger la situation.

Il se tourna vers le groupe qui le regardait : Clay, Sally et Hough.

"Je vois" dit-il.

"Quoi ?

C'était Clay. Je le regardais.

« Je ne discuterai plus. Je voulais juste voir si mon fils était... d'accord. La moitié l'est. Je vais l'ignorer, car sa vie me vaut plus que celle d'un contremaître. Termes ?

Il parlait sereinement.

« Mes conditions sont : Lane.

"Sa tête ?

"Pas. Vivant. Je veux le tuer moi-même.

"Il l'aura.

« Et... je n'ai pas fini. Nous partirons d'ici avec votre fils. Nous le publierons dès que nous serons absents.

« Comment saurai-je qu'ils ne vont pas le tuer ?

« Tu devras me croire, Amazee. C'est à prendre ou à laisser.

— Toi, dit laborieusement le vieillard, tu es le premier à me mettre sur la croix.

« Ce ne sont pas mes affaires, Amazee. Acceptez-vous ou pas ? Je ne veux pas discuter.

« La vie d'une peau rouge vaut-elle autant pour vous ?

Sally a mis sa main sur le bras de Clay quand elle a vu des lignes blanches de colère apparaître sur le visage de Clay.

"C'est bon. Ce qui vaut pour moi, c'est quelque chose qui ne te suffit pas. Pas toi, pas beaucoup d'autres comme toi. Ce qui est important c'est... que maintenant j'ai la force et c'est la seule chose que tu aies comprise dans ta vie. La force ! Accroche-toi, Amazee. Plusieurs fois, il l'a fait avaler. Prends-le maintenant ! Je pourrais te parler des droits de l'homme ; je ne comprendrais pas. Mais si nous parlons la même langue, il Comprenez, apportez-moi Lane.

Amazee le regardait hypnotiquement.

« Alors, c'est votre position.

"Oui.

"Il l'aura.

"Vous savez où c'est.

"Je pense que oui.

"Amène le.

"Ici ?

« Oui, bon sang. Tiens.

"Docteur," dit Hough, d'un ton calme, "pourquoi ne choisissez-vous pas un autre endroit ?"

Clay se tourna vers lui.

"Parce que je ne veux pas ! Me voici là où je peux donner des ordres. Je veux cet endroit et pas un autre. Et les intérêts et principes de l'Outre-mer peuvent aller au diable en ce qui me concerne.

"Je suppose" dit Amazee ", qui sait qu'après ce qu'il m'a fait il ne pourra aller nulle part...

Il s'est rendu compte qu'il était sur le point de menacer l'homme qui avait tous les triomphes pour lui, et il a fermé sa bouche. Clay sourit.

« Comment se fait-il que le shérif n'ait pas amené son petit ami ?

« J'ai voulu résoudre cette affaire moi-même. Je ne souhaite pas que...

"Eh bien. Et maintenant... Lane. Tu dois savoir où tu es.

Le vieil homme se dirigea vers la porte. Une fois dedans, il se retourna.

"Garçon" dit-il à Tob", ne t'inquiète pas. "Et à Clay": Tu aurais pu avoir ce que tu aurais voulu avec moi si tu n'avais pas fait ça.

"Va au diable.

Et le vieil homme est parti. Ils l'ont vu conférer avec ses hommes et comment ils ont commencé à marcher.

« Maintenant, attendons », a déclaré Clay.

"Docteur, vous devriez..." commença Hough. Mais il se tut en voyant l'expression de l'autre ». Et toi, Sally...

"Je le sais déjà. Les Outre-mer vont me virer.

"Je n'en ai pas tant dit, mais...

« Et je m'en fiche, Hough. Je le ferais à nouveau.

— Oui, je sais quel genre de femme tu es. Têtu et... courageux. Docteur, qu'allez-vous faire quand Lane vous sera amenée ?

« Ce que tu ne sais pas ne va pas te faire de mal, Hough.

"Je comprends.

Mac est descendu du toit.

"Eh bien, ils sont partis.

L'après-midi passa lentement. A six heures, un groupe de cavaliers arrive au poste. Hough sortit pour leur donner leurs instructions. Ils étaient cinq et ils semblaient déterminés et capables. Ils s'occupèrent de tout en un instant, sans se poser de questions quand ils virent ces hommes ligotés, dont les mains n'avaient été dénouées que pour leur donner à manger.

Clay observa le regard calculateur de Hough. Il pouvait presque deviner sa pensée. L'inspecteur d'Outre-mer avait pensé un instant à reprendre la situation avec ses hommes, mais semblait abandonner.

Ils ont attendu.

Et la nuit vint, et la nuit passa. Clay ne dormit qu'un instant, pendant que Mac regardait. Puis Sally a pris le relais. Dawn les surprit déjà debout.

Presque juste au moment où le disque rouge sortait de derrière les montagnes, ils les virent.

"Argile" dit Mac. Je pense qu'ils arrivent.

"Sur le toit.

« Cela devient déjà une habitude. Bientôt, mes oreilles pousseront et je commencerai à miauler pour manger et boire du lait dans une assiette.

Le vieil Amazee était en tête du groupe.

« Mieux ! Docteur !

Clay se pencha par la porte.

"Bien?

"C'est ici.

Deux de ses hommes s'avancèrent, entraînant un autre entre eux. Ses mains étaient attachées au pommeau de la chaise.

« Amenez-le ici.

"Allons-y les gars.

Les deux hommes s'approchèrent l'un de l'autre. Ils le laissèrent presque près de la porte.

"Salut, Lane," dit doucement Clay.

L'autre leva ses yeux bleus. Il y avait une expression étrange à leur sujet.

Soudain, il haussa la voix.

« Amazee, tu m'as vendu, Judas !

« Il s'agissait de la vie de mon fils pour la vôtre, Lane.

« Vous m'avez crucifié !

« Tu t'es crucifié seulement quand tu as fait ça avec l'Indienne. Quand il l'a tuée. Quand il a frappé Sally. Toi seul, Lane. Ne blâmez personne.

« Qu'est-ce que tu vas faire de moi ?

« Ce que vous n'avez pas fait avec eux. Donnez-vous une chance de dégainer le revolver en même temps que moi.

« Vous voulez m'assassiner.

Clay haussa les épaules.

"Prends-le comme tu veux. Pour le moment, je m'en fiche.

"Mieux ! hurla Amazee. Mon fils.

"Je te l'ai déjà dit. Je vais le prendre. Mais je vous donne ma parole que je vous le rendrai sain et sauf.

« Tu vas me le donner tout de suite !

"Non. Je ne veux pas qu'il me tombe dessus avec tous ces gens. Je vais le prendre.

Et à voix basse :

« Sally, avez-vous des choses prêtes ?

"Tout.

"Mac?

"Oui, Argile.

« Bien, Amazee. Vous retournez à votre ranch. Votre fils vous rejoindra bientôt.

« Vous n'obéirez pas, ce que vous dites !

«Je vais l'accomplir. Et ne me traite plus de menteur car cela va t'alourdir. Ici, les seuls menteurs sont vous.

"M. Amazee, ne me laissez pas seul avec ce type", a déclaré Lane.

« Je ne veux plus parler de cette affaire. Amazee, retourne dans ton ranch ou ta ville, où tu veux. Mais... sors !

Le vieil homme douta. Il passa sa main dans ses cheveux. Halètement:

« Mieux, si quelque chose arrive au garçon, je jure que je le chasserai à travers le pays, à travers les États-Unis.

« Je t'ai déjà dit qu'il ne t'arriverait rien. Et maintenant... partent-ils ou pas ?

Il y avait encore une légère hésitation. Alors Amazee a dit:

« Les gars, allez-y.

« Monsieur Amazee !

C'était Lane. Son visage était livide, d'une couleur malsaine.

« Ne me laissez pas ici, monsieur Amazee.

"Mac, lâchez les hommes de M. Amazee" dit-il.

Clay ". Nous n'avons pas besoin d'eux. Juste Tob et... ma chère, ma bien-aimée Lane.

Mac obéit. Les trois hommes allèrent rejoindre les autres.

Et tout le groupe a commencé lentement. Clay visait Lane avec son fusil.

La scène tendue a duré près d'une demi-heure, jusqu'à ce que le groupe se perde à l'horizon.

"Bien sûr," dit Hough, "ils ne sont pas partis. Ils t'attendront sûrement n'importe où, et ils te feront sûrement payer cher tout ça. Du moins c'est ce que je ferais à la place.

"Et moi" acquiesça Clay. Mais... Mac.

« Nous n'allons pas leur faire plaisir. Nous nous dirigerons vers les montagnes. En eux, personne ne me trouvera. Je les connais comme si j'étais né en eux.

Clay hocha la tête.

« Sally », a déclaré Hough, « y avez-vous réfléchi ? Vous y allez ?

Elle secoua la tête affirmativement.

"Oui, Hough" dit-il plus tard. Je vais. Je m'excuse.

« Non, je sais que tu ne le sens pas. Mais au moins je comprends. Eh bien, je vous souhaite bonne chance.

"Attendez une minute," dit Clay.

Lane avait fait un pas. Mac alla vers lui.

« Ne bouge pas, putain de cochon. Ne bougez pas.

"Ecoute, je...

Sally l'a confronté.

« Lane, avez-vous perdu vos tripes ?

"Écoute, Sally...

« Non. Tu m'as frappé, tu te souviens ? Tu m'as fait tenir par deux hommes et tu m'as frappé avec la ceinture.

Lane ferma la bouche. Ses yeux semblaient fous dans leurs orbites.

"Hough" dit Clay, soudain ", aimeriez-vous assister à un duel?

« Un défi ? Voulez-vous vous battre avec cet homme ?

"Je l'ai déjà dit. Mais ils pensent que je le ferai loin d'ici. Non, d'ailleurs. Je vais le faire... ici. Devant vous. Ils seront mes témoins.

"D'accord," dit Mac. Très bien, oui, monsieur.

« Écoutez, docteur...

« Voulez-vous ou ne voulez-vous pas servir de témoin ? Toi et tes hommes.

Hough haussa les épaules.

"Si vous êtes déterminé...

"Je suis.

« Dans ce cas, fais ce que tu veux.

« Serez-vous témoin, si quelqu'un vous le demande ?

"Je le serai. Mes hommes et moi le serons.

"Ce sera un meurtre", a déclaré Lane.

« Non. Ce sera un combat. Mac, prépare un pistolet, avec tout le chargement de balles. Ensuite, tu vas déchaîner ce type. Et, Sally, amène le jeune Amazee. Il a aussi le droit de le voir.

Les hommes de Hough s'étaient rapprochés. Aux yeux de tous, on pouvait lire qu'ils ne manqueraient cela pour rien au monde.

« Hough, pouvez-vous vous mettre au milieu des deux ? » a déclaré Clay. Vous serez l'arbitre.

"Selon.

Mac se dirigea vers Lane. D'un mouvement rapide, il coupa les cordes qui le retenaient au pommeau de la chaise.

« Descends, cochon.

Lane est tombé au sol. Il regarda autour de.

« Non, vous ne pouvez pas vous enfuir. Ce que vous pouvez faire, c'est prier.

Mac avait le revolver dans une main. Le fusil dans l'autre.

« Reste où tu es, Lane.

Clay se tourna vers Sally. Elle le regardait, le visage pâle.

« Clay, pour l'amour de Dieu, fais attention. J'ai entendu dire que cet homme est gaucher et tire...

"Tais-toi. Ne t'inquiète pas. Je dois le faire, de toute façon.

Elle l'a serré dans ses bras. Puis il l'a relâché. Tob les regardait.

« Lane ! » a-t-il dit ». Tuez-le !

Clay le frappa à la bouche, sans trop de force.

"Tais-toi ou après lui tu iras.

"Tu te souviendras.

"Et tu.

Puis il hurla :

« Mac ! Peux-tu lui donner l'arme ?

« Dès que vous vous préparez.

Clay se planta au centre de la cour. Hough marcha jusqu'à ce qu'il soit entre eux. Certains de ses hommes ont dégainé leurs pistolets.

« Non, les gars, je ne pense pas qu'il essaie de me tirer dessus.

"Juste au cas où, patron" dit l'un d'eux.

Et un instant plus tard, les deux hommes étaient seuls au centre de la cour.

"Hough, comptez vingt mètres entre vous deux," dit Clay.

Hough les compta lentement. Il a montré à Lane où il pouvait se tenir, et l'autre l'a fait.

Clay s'essuya les mains sur le bas de son pantalon. Lane fit de même. Puis Mac s'approcha de lui et regarda Clay.

"Déjà" dit celui-ci.

Mac attrapa le pistolet par la crosse.

« Si tu essaies de tirer avant que je te le dise déjà, je te tuerai » dit-il en levant le fusil.

"Va au diable.

"Allez Mac," dit Clay.

Sally ferma les yeux un instant. Lorsqu'il les rouvrit, les deux hommes se faisaient face. Hough, au milieu, loin de la ligne de tir.

Clay était calme. Il regardait directement son ennemi, qui, un peu accroupi, avait déjà son pistolet dans son revolver, là où Mac l'avait placé.

Le soleil était contre Clay. Celui-ci s'en est rendu compte un peu tard, mais ne voulait plus changer de place. Hough l'a vu aussi. Mais s'il attirait l'attention du médecin, il pourrait être distrait et ce serait fatal.

De la main gauche, il poussa son chapeau en avant. Ce mouvement était sur le point de le perdre.

Lane a mis sa main sur sa jambe gauche et le revolver en a sauté.

Clay a emboîté le pas. Sa main semblait être plus lente que d'habitude, puis il se pencha légèrement vers le bas et sur le côté. Cela lui a sauvé la vie. La balle, qui aurait touché son cœur, lui a effleuré le bras. À ce moment-là, il tirait déjà.

Deux de ses balles ont trouvé le corps de Lane et l'ont fait pivoter violemment, de sorte que ses autres tirs ont volé sans danger dans les airs.

Et Clay a vidé son revolver sur le corps. La dernière balle a touché Lane déjà au sol.

Clay se redressa. Il haletait légèrement. Un mince filet de sang coulait le long de son bras.

Sally courait vers lui.

"Tu es blessé!

« Non, c'est juste une égratignure.

"Attends, je dois enlever ta chemise...

"Plus tard.

Hough se dirigea vers Lane et le regarda.

"Mort" dit-il.

Puis il serra la main de Clay.

"Je suis content, docteur.

"Merci.

Il se tourna vers Tob, qui le fixait, avalant difficilement.

"Écoute, Amazee. Dans un instant, il peut partir. Marcher.

"Marche?

« Je l'ai dit. Marche. Je ne veux pas qu'il rattrape son père jusqu'à ce que nous soyons loin. Mais d'abord, je veux faire quelque chose pour toi. Mac, détache-le.

« Qu'est-ce que tu vas faire de moi ? La même chose que... ?

«Non, donnez-lui juste une raclée dont il se souviendra toute sa vie.

Mac fixa Clay.

« Attends, Clay, ne vaudrait-il pas mieux que tu le laisses tomber et... ?

"Non. Détachez-le.

"Comme vous voulez.

A fait. Tob étendit ses longs membres. Un regard méfiant apparut dans ses yeux.

"Si je gagne ...

« S'il me bat, Mac le laissera partir. Libérer. Mais...

Tob n'a pas attendu. Il bondit et son poing se dirigea vers la mâchoire de Clay. Il sourit, détourna la tête et enfonça son poing dans le foie de Tob.

Le fils d'Amazee s'est replié sur lui-même. Puis Clay le frappa d'un coup au menton et le renversa. Avant de toucher le sol, il a décroché deux autres coups de poing. Le corps du jeune homme est tombé au sol.

Allez debout.

Tob l'a fait. Il avait à peine atteint la verticale que Clay se précipitait déjà sur lui.

Un crochet, un autre coup latéral et... au sol.

"Se lever.

Mais cette fois, Tob n'obéit pas. Il saignait de la bouche et d'un sourcil. Un de ses yeux était presque fermé.

« Ne te lève pas ? Eh bien, Hough, ils ont été témoins. Nous partons. Lâchez-le dès que nous serons partis. Puis-je vous faire confiance ?

« Vous pouvez le faire, docteur. Et bonne chance.

Il souleva Sally et passa un bras autour de ses épaules.

« Bonne chance à toi, ma fille.

Cinq minutes plus tard, ils étaient hors du poste, montés sur leurs chevaux et suivis par les mulets.

"Tu vas me laisser partir tout de suite," dit Tob à Hough.

" Vraiment ? Pas avant qu'au moins deux heures se soient écoulées ", répondit l'agent. " Vous n'êtes pas capable de marcher après le correctif qui vous a été donné.

"Damné...

Hough le dévisagea.

Écoute, jeune homme, je ne dépends pas de ton père. J'appartiens à l'Outre-mer. Et ce qui se fait à la poste, je le commande. A compris ? Et si vous pensiez le dire à votre père, souvenez-vous d'une chose : il y a un compte en instance entre vous et l'Outre-mer, pour agression et destruction de biens et mauvais traitements infligés à un employé de la poste. Vous verrez ce que vous préférez.

Tob ferma les lèvres.

ÉPILOGUE

Cher Hough, Te souviens-tu de moi ? Juste quelques petites lettres pour vous informer que nous avons trouvé... c'est pourquoi tant de personnes sont toujours mortes. Un métal jaune. Le vieux Mac avait raison. Le récif existait. Et il l'a déjà dénoncé et travaille comme une force pour l'extraire. Mais il y en a et c'est suffisant.

"Tu penses que je m'en soucie ? Eh bien non. Clay et moi ne prendrons qu'une partie de cet or. Assez longtemps pour que Clay ouvre un bureau à Tulsa. Et non, ce sera du travail qui manque à un bon médecin comme mon mari. Parce que , vous savez, nous nous sommes mariés il y a deux jours.

« Il faudrait beaucoup de temps pour raconter ce que nous avons vécu jusqu'à ce que nous ayons fait perdre notre trace au vieux Amazee dans les montagnes. Mais nous comprenons.

»Nous avons tout réussi.

Même le bonheur, qui vaut tout.

»Votre plus affectueux

"Sortie."

FINIR

115

www.ingramcontent.com/pod-product-compliance
Lightning Source LLC
Chambersburg PA
CBHW021532160726
47987CB00029B/782